—— 阅读之前 没有真相

午夜文库

元年春之祭

陆秋槎 著

新星出版社 NEW STAR PRESS

第一章

开春发岁兮,白日出之悠悠。
吾将荡志而愉乐兮,遵江夏以娱忧。

1

  天汉元年，暮春的夕照下，持弓少女在云梦的荒原上射杀野雉。她上衣长襦，下着大袴，背负咒皮箭箙，俨然一副武人模样。一名当地的少女立在树荫里，身着襜褕，忍着傍晚的酷热，手里提着被友人射杀的猎物。

  少女手中的弓是父亲赠与她的，由长安的工匠依照古法制成。造出一支这样的弓，要耗费一年以上的时间。主干用的是东海郡出产的柘木，在深冬斫成。开春之后，将前一年秋天采下的牛角浸泡处理，以备使用。又在夏日将麋鹿的筋精心鞣制。入秋，把处理好的牛角和鹿筋用朱红色的胶粘合在柘木的内外，再缠上丝线、涂上漆，并放置一个冬天让胶和漆都凝固下来。

  她一直很珍视这件礼物，习射时总是小心珍护，不让它染上污渍。用它射杀活物，这却是头一遭。起初，她还未能领悟射击移动目标的技巧，因而放空了几箭，还惹来了友人的一番耻笑。就在对方的笑声仍回荡在林间的时候，第一只牺牲品的血就飞溅在了鲜红的藑茅花上。

持弓的少女自小生长在长安。京畿一带的山林大都已被划归皇室。是故，她虽然从某位故将军那里学了一手射术，却罕有发挥的机会。如今日这般恣意地射猎，正是她的一桩夙愿。

更何况这一带原本就是楚王的猎场。

当初，每到厉兵讲武的初冬时节，楚王便会乘着缀以玉饰的战车，手持雕弓与劲箭，率众射杀游走林间的异兽。一时箭如雨下，血肉横飞。猎物身中数箭，倒地不起之后，又免不了要遭受车轮的碾压和步兵的践踏。肥美的嫩肉未经品尝，便碎在了泥里。一番杀戮之后，楚王满意地放下弓矢，欣赏着遍地尸骨和意犹未尽的兵士。身着薄如朝雾的縠衫的少女们就在刺鼻的腥风中起舞。她们的衣摆垂在地上，立刻就染上了血污……

只是到了顷襄王二十一年[①]的时候，秦将白起率军攻陷郢都，云梦泽也旋即沦陷。此后，秦国在此设立南郡，并开放山禁，又专门设了"云梦官"一职对此地进行管理。百余年之后，云梦的平坦处早已被垦为农田，只剩下些峻阪瓯臾，因其险峻而保存了原有的面貌，至今仍留供乡野人樵采狩猎。

"我听说儒者只用钩子钓鱼而从不撒网捕鱼，打猎也从不射

[①]即公元前二七八年。

已经还巢的鸟。小葵既然尊崇儒术,恐怕不该这样大行杀戮吧?"

身着襜褕的本地少女一面捡起刚刚断气的野雉,一面埋怨道。说着,她鄙夷地背过脸去,却仍牢牢地握着那只被人射杀的野雉。实际上,当来自长安的於陵葵提议说要射几只野雉来下酒时,露申那并不怎么巧佞的舌头下面也分泌了些许唾液。而箭镞刺进野雉的羽毛和脂肪的瞬间,她心里也并没有激起多少怜悯之情。

她会这么说,或许只是因为自己不会拉弓射箭,总觉得在这方面落在了小葵后面,心里不甘。而实际上,她与葵的这场以全败告终的比试,此时才刚刚拉开帷幕。

未来等待着她的,仍是无尽的懊丧与自卑。

"露申大概不知道吧。"葵总是以这句话引出话题,而露申也总是对她要讲的内容一无所知。"就是这位'钓而不纲,弋不射宿'的老夫子,在马厩失火之后只是问了一句'伤人乎',根本就不管马的死活。露申若对人类的食物抱有同情,何必陪我来狩猎呢?"

"我只是遵照父亲的命令为你带路罢了,没曾想要做你的帮凶。"

两名少女明明是午前才初见的,现在却像老友一般争论了起来。

"和你说的恰恰相反,射术不只是杀戮的技术,根据礼书的说法,'射者,仁之道也。射求正诸己,己正而后发,发而不中,则不怨胜己者,反求诸己而已矣'。比起对抗性的格斗术,射术在很大程度上并非同对手较量,而是在同自己比赛,从而克服自身的弱点,达到'仁'的境界。"

"说得那么玄妙,小葵还是早些正视血淋淋的现实吧。看看这些尸体和留在上面的致命伤,难道这就是你所谓的'仁'吗?假如只是追求德行,那么对着鹄的练习、比试就好了,何苦要屠戮生灵呢?说到底,你不过是贪恋野味,还要扯出一番大道理替自己狡辩,这就是你们长安人的习性吗?"

"说起来,露申既然是本地人,应该知道'云梦泽'何以谓之为'泽'吧?"

"当然知道了。我学问虽然不如你,但至少也是贵族之后,怎么可能连这点常识都没有。"露申气得鼓起了脸颊,心里却仍没什么底气,"云梦多湖泊,水系发达,因而被称为'云梦泽'。"

听完露申的答案,葵忍不住笑出了声音。

"这只是流俗的说法罢了,望文生义,难免要被通儒耻笑。"

"那你们'通儒'会怎样解释呢?"

"泽,择也。"葵一字一顿地解释道,"礼书里面说,'天子将祭必先习射于泽。泽者,所以择士人也'。换言之,像我这样能在'泽'射中猎物的人,才有资格参与祭祀。云梦虽然不乏湖泽,但时至今日仍有不少未经开垦的山林,鸟兽万端鳞萃,杂走其中,乃一处绝佳的猎场。难得来访,虽然这里早已不复楚王行猎时的规模,但目及风物,当年激壮的情形也可以想见一二了。我自然也要追踵古人,射几只野雉回去留作纪念。"

"说到底还不是为了吃肉……"

说着,她掂量了一下手里的猎物——应该能成为一顿美餐。

"露申说得好像自己没吃过野雉肉一般。"葵从身后抽出一支箭，不怀好意地笑了，"反正，像露申这样笨手笨脚的人，也根本射不中移动的目标吧？"

"使用弩机的话，我也能射得到。"

观氏一族隐居在山野里，为防备猛兽，在武艺的研习上未曾怠慢过。即使是不便使用短兵器的妇孺，也会时常练习使用弩机。

"哼，弩机吗？"葵的不屑之情溢于言表，连迟钝的露申都觉察到了。"如果武器也有君子和小人之分的话，弩机无疑是小人才应该使用的。露申，你好歹也是贵族之后，不要碰这种作践自己、侮没先人的东西为好。"

"弩机有什么不好吗？小葵为什么要这么排斥它？"露申反驳道，"我听说，即使是出身善射世家的李广将军，指挥的作战也总是'千弩俱发'。他的射术肯定远远在你之上，也没有禁止麾下的士兵使用弩机啊。"

"李广将军是我最仰慕的武人，可惜我生得太晚，没法向他当面求教。你说得对，他一直指挥士兵用弩机射杀匈奴人，毕竟弩机比弓矢更有效率。弩机发射的速度更快、更能节省士兵的体力，并且较弓箭更易上手。只要做过最低限度的训练，就能发挥出最大限度的威力。更何况，即使是最骁勇的猛将，至多也只能拉得动三石不到的弓，而弩机的强度很轻易就能达到四石以上。"

"所以说……"

"所以说它是最适合下等人使用的武器。"说着，葵侧过脸，又故意瞥了露申一眼，"我刚发现，自己面前就站着这样一个只配使用弩机的下等人。"

"你费了那么多工夫练习拉弓射箭,别人只要轻轻扣动弩机的悬刀就能比你射得更远、更准,我真的不知道你的优越感到底来自哪里?手里握着被时代淘汰的破烂儿,还满口'贵族''君子''通儒',说到底也不过是一种自我哀怜吧?"

"是啊,我和你的祖先一样,都注定会被世人耻笑的。我是一个过时的人,向往古人的智慧和风姿,没法认同当下流行的东西。"葵说着,垂在天际的彤云也一瞬间黯淡了下来。"反正,这是你们的时代,不是我的。"

"小葵……"

见她如此沮丧,露申一时手足无措。尽管她明明知道自己恰恰就是葵所谓的"下等人",心里多少有些不快,却也并没有涌起多少反感的情绪。她也深知,自己的学识和技艺无疑是有辱先人的。

当然,关于自己的祖先,她所知道的并不多。

"说起来。"葵似乎想起了什么。那道适才随着暮云变得黯淡了些许的光,此时又在她眼中重新燃起。"露申从小住在这附近,是否读过司马相如的《子虚赋》?里面写到楚国的使者子虚出访齐国并跟随齐王畋猎之后,就讲起了云梦的事情。"

"并没有读过。"

"《子虚赋》里面是这样描述云梦的。"葵开始缓缓吟诵——

云梦者,方九百里,其中有山焉。其山则盘纡岪郁,隆崇嵂崒。岑崟参差,日月蔽亏。交错纠纷,上干青云。罢池陂陀，下属江河。其土则丹青赭垩，雌黄白坿，锡碧金银。众色炫耀，照烂龙鳞。其石则赤玉玫瑰，琳珉昆吾，瑊玏玄厉，碝石碔砆。其东则有蕙圃，蘅兰芷若，芎藭菖蒲，江蓠蘼芜，诸柘巴苴。其南侧有平原广泽，登降陁靡，案衍坛曼。缘似大江，限以巫山。其高燥则生葴菥苞荔，薛莎青薠。其埤湿则生藏莨蒹葭，东蘠雕胡。莲藕觚卢，庵䕡轩芋。众物居之，不可胜图。其西则有涌泉清池，激水推移，外发芙蓉菱华，内隐巨石白沙；其中则有神龟蛟鼍，玳瑁鳖鼋。其北则有阴林：其树楩柟豫章，桂椒木兰，檗离朱杨，樝梨梬栗，橘柚芬芬；其上则有鹓鶵孔鸾，腾远射干。其下则有白虎玄豹，蟃蜒貙犴……"

"在我听来，这篇文章简直是用翻译了九次才能听懂的异国语言写成的。"

"这里写的都不过是云梦一带的风土和物产罢了。露申还真是对自己出身的文化一无所知呢。"葵向前迈出一步，背对着露申说道，"我虽然生长在长安，却是齐人之后。但我的祖先可不像你那样荣显。的确，我的家族因为经商，在地方上本就是豪强，又在元朔二年的时候因家资达三百万以上而被迁至茂陵邑。在故土的时候，周围的人都知道我这一族早先不过是齐国的贤者於陵仲子的家仆。於陵仲子一生絜行，拒绝他人最低限度的恩惠，结果不知所终，也有传言说是饿死了。后来我的祖先就僭用了他的姓氏。迁到长安之后，从我父辈开始，就欺骗别人说我们是於陵仲子的后人。可是，谁也不会相信那样清贫的圣贤，会有这种一身铜臭的后代。"

说到这里，她落寞地笑了。

"所以小葵才会讨厌出身旧贵族家庭的我吗？"

"并没有讨厌你。只不过，多少有些妒忌罢了。倘若我也有这样的出身该多好。不管我怎样穷究经书、研习武道，如何在德行和言语上模仿古代的贤人，这个出身总是没法改变的。我的体内流的，毕竟还是臣仆的血液。而且从小生活在那种豪奢的环境里，我身上也不免沾染了很多与古礼相悖的坏习气，因而做过一些行不由径的勾当。来云梦的路上我就一直在想，倘使我出生在观氏这样的旧贵族家庭里就好了。可是结果……"

"结果我这个名门之后却让你失望了，是吗？"

"是啊，我真的很失望。"葵毫不避讳地回答道，"我原本以为，在这样一个堕落的时代，唯有你们这些旧贵族是可以信赖的。我以为你们身上仍会保存那些我所向往的东西，能让我进一步了解那个灭亡已久的楚国。可是你，不仅对古代知之甚少，对于我们这个时代的事情也几乎一无所知。你比我在长安的那帮友人更贫乏、无趣，我和她们还能聊一聊时下最流行的珍玩和文章。可是和你，我真的无话可说……"

听到这里，露申沉默了许久。她忽然意识到自己与一个乡野村妇的最大区别，并不在是否识文断字，而在于自己不能做农活儿。强忍着屈辱的泪水，露申死命地捏住襜褕的襟口，试图平复急促的呼吸。

"或许应该让若英姐来陪你。她是家族里最懂古礼的人。"

"你说的,是你的堂姐观若英吗?她不是和我们同岁吗,为什么会是观家最懂古礼的人?"

"因为父亲并不是家里的长子,对家传的知识学得很粗疏。直到四年前,观氏的家主还不是他,而是无咎伯父。礼器原本也都放在无咎伯父那里,祭祀也一直由他和上沅哥主持。他们的学问足以指导太学里的博士,也的确经常有学者会写信向伯父求教,而伯父往往让上沅哥替他作答。但是,在四年前,他们都不在了,恐怕许多古礼也因此失传了吧。"说着,露申把眉头皱得更紧了一些,"伯父和上沅哥都死在那一晚,只有若英姐活了下来。"

"那天发生了什么?"

"我也不知道到底发生了什么,"露申如实回答,却让葵更加困惑了,"只是,大家都死了,而已。"

"是说你伯父一家?"

"伯父、伯母、上沅哥还有只有六岁的堂弟,都死在了家里。当时若英姐碰巧在我家,才躲过一劫。是芰衣姐发现了尸体。"说到这里,她突然意识到一点,"是啊,芰衣姐也已经不在了……"

"如果是这样的话,你为什么说自己'不知道到底发生了什么'?"

"小葵还真是过分,谈到这么悲伤的话题,也根本不想着安慰我一句,还自顾自地问个不停。"露申终于流泪了,"我们真的不知道事情的经过,芰衣姐过去的时候,惨剧已经发生了。而直到今天,我也不知道凶手究竟是谁,他又是出于怎样的理由,才

11

做出了那么残忍的事。那天的事，还留有很多难解的谜团。小葵这么聪明，又见过世面，说不定能给出答案。"

"方便的话，能不能为我讲讲你所知道的？"

"好的。"露申点了点头，"但愿我能讲下去……"

说着，她又用衣袖擦了擦眼泪，将视线投向树林深处。那里似乎空无一物，又仿佛有什么潜藏在巨大树冠投下的阴影之中。落日继续下沉，阴影一寸寸地向葵的脚边蔓延。露申隐隐地希望，自己能在长庚星升起之前讲完这个故事。

2

早春徒有其名。

风在山谷间回荡之际,寒意仍不免渗进每个人的骨髓。

即便是平日以勤勉著称的观芰衣,此时也只是枯坐在主屋铺设有莞席的地板上,倚着凭几,在膝头摊开一卷琴谱,和睡意做着斗争。她身上披着厚实的衣物。悠远的乐音在芰衣的脑海里奏响,冻得僵直的指尖却丝毫没有动弹的意思。

芰衣的眼皮越来越沉重,睡意渐渐袭来。因为尚未把新学的曲子温习一遍,她并不想回房间就寝。

一阵叩门声,打破了她的睡意。

院门距离主屋约有三十步远,虽然风势未杀,叩门声仍清晰可辨。叩击声并不重,却异常急促。

起身将长衣草草整理了一番之后，芰衣离开主屋，奔向院门。

日落之后，下过一阵细雪，山脊和平地都被染成了银白色。芰衣家的庭院也不例外，尽管星月都被阴云遮去了踪影，投到院子里的只有主屋幽微的烛火，却也将那薄薄的一层积雪映得如月光般明澈。

或许是听到了脚步声的缘故，门外的人不再叩门。芰衣听到了对方的喘息声，便试探着问了一句：

"……若英？"

"芰衣姐……"

观芰衣急忙拆下门闩，打开院门。

当时只有十三岁的观若英一瞬间扑倒在她怀里，一副魂飞魄散的样子。芰衣将瘫软无力的堂妹搀回主屋时，父亲观无逸和胞妹江离也赶了过来。

观无逸问若英发生了什么，她却把脸埋在芰衣的两臂里，瑟缩着不能回答。无奈之下，只好由芰衣贴在她耳边发问，若英才以游丝一般纤弱的声音道出了实情。

"被父亲……打了……"

此时芰衣才注意到，明明是这样的天气，若英却只穿了一件单衣。并且，贴在若英背部的素缯浸着血迹。

她请求父亲让若英留宿，得到同意之后，便扶着堂妹前往自己的房间。从主屋过去尚有一段路，她只好脱下自己的外衣，披在若英身上。又差遣江离去替若英取些换洗的衣物。

回到住所，芰衣帮若英脱下衣服，稍事查验。只见若英身上，自脊背到大腿中段，都密布着笞责的伤痕。若英的皮肤简直就像是她刚刚披在身上的那块素缯，笞痕则像是交叉在一起的经纬线。伤得较重的地方皮肉已绽开，轻处也瘀青并肿起。

观无咎伯父对待子女的确十分严苛，若英也的确是个叛逆的孩子。她自小便同兄长一起学习祭祀的技术，并被寄望日后能成为参与汉王朝国家祭祀的巫女。

在芰衣的印象里，这样的责打已经不是第一次了。伯父的怒气总是难以平息，往往不仅要痛打若英，还要把她在主屋后面的仓库里关上一夜才肯罢休。若英的哥哥观上沆从小受的也是这样的棍棒教育，最终养成了怯懦的性格，对于父亲的意志不敢有丝毫的忤逆。

相比之下，芰衣的父亲观无逸对待膝下三个女儿的态度则要温和得多。这可能与观无咎是兄长，自幼便以观氏的正统继承人自居有关。职是之故，观无咎治学极其刻苦，不仅深谙楚地的古礼，对儒家的礼书也多有涉猎。而身为次子，观无逸则多少有些对不起自己的名字，年少时轻侠好交游，蹉跎了很多时间。

"若英是偷偷跑过来的吧？"

芰衣一面帮她擦拭着伤口，一面问道。

忍着痛的若英只是微微颔首。芰衣见状不禁落泪。咸涩的泪水滴在伤口上，若英轻轻地"嗯"了一声，芰衣分不清那是呻吟，还是对自己流露出的同情表示肯定。无奈自己终究无法改变若英的命运，只能坐视她遭受这样的苦难。

"伯父为什么要这样对你？"

芰衣近乎无意识地问道。若英这次摇了摇头，或许表示"不知道"，或许表示"不想说"，芰衣也不明白她的意思。终于，若英也哭了起来。屋外尚无虫鸣，只有风声与她们的啜泣相应和。

"难道伯父他又将你关在仓库里了？"

"一直都把我……"

这时，妹妹江离抱着带给若英的衣物进入房间。

那年芰衣十六岁，江离十四岁。

身为堂姐的江离总被父母要求要照顾若英，而若英的父亲却教导女儿要谨遵长幼之序。结果两个女孩都选择了有利于自己的说法，自小江离就总以长者自居欺负若英，若英则毫不留情地对江离展开反攻。江离在许多方面都很像自己的父亲无逸，并不怎么擅长祭祀的技术，所以在若英面前稍稍有些自卑。然而她掩饰自卑的方式却是变本加厉地与若英作对。

事发前三个月，江离因为执礼的姿势被若英嘲笑，赌气之余，竟向伯父说起若英的坏话，结果害得若英当晚被父亲痛打了一顿。若英也知道自己挨打是因为江离挑拨，所以这三个月以来都刻意避开江离，未曾与她讲过一句话。

江离走进房间，若英依旧毫无反应，只是将那件原本穿在身上的长衣挡在胸前，不愿让江离看到她尚在发育的身体。江离上前，握住若英抓着衣物的手，一再说着道歉的话语。

"对不起，对不起，对不起……"

若英听到江离的道歉，却惊恐地闭上了眼睛。恐怕她刚刚被答责的时候，也一再重复着"对不起"来讨饶，听到这个词又激起了不快的回忆。

芰衣认为这是促使两人和解的最好机会，正好清理伤口的工作也完成了，便嘱托妹妹好好照顾若英，还说自己要向伯父通报这件事情，不让他们一家过于担心若英。芰衣又让若英放心，说自己会请求伯父允许她在这边留住几天。

"不要去……"

芰衣并没有听从若英的话，消失在门的另一边。江离则默默地帮若英换上柔软的衣物。实际上，在芰衣去世之后，也一直是江离在照顾若英。

向父亲说明情况后，芰衣便取了一盏行灯，向伯父家走去。一路溯着若英跑来时的足迹。过来时，若英只踏着一对草履，想必既冷又滑。而此时自己足下踏着一双木屐，屐下着袜，虽然沉重，但步子稳当，保暖效果亦佳。这样想着，芰衣就更觉得若英可怜。

"无咎伯父，我是芰衣。"

抵达之后，芰衣一面在风里呼喊着，一面叩着院门。门旋即开了。不知是被风吹开的，还是被芰衣叩开的，唯一可以判断的是，并没有人前来应门。

难道伯父一家发现若英不见了，便到山中寻找她？

两家人居住在山谷，周围不是峭壁就是陡坡。从伯父家出门，不论想要入山还是出山，都只有两条可走的路，一条通往若英的家，另一条则通往相反的方向。明明刚下过雪，假若是要搜寻若英的话，只要循着她的足迹便好，并不困难。可是过来的路上，明明只有若英一个人的足迹……

不祥的预感自芰衣心底升起，如夜雾般四散蔓延，很快就在她的胸口酿成一阵酸楚。她深深地吸了一口气，却只是让心跳速度加快。终于，芰衣还是鼓起勇气，向前迈了一步，走进院门，准备直面即将来袭的黑云、露水与危险。

院子里的积雪已经被草草地扫过一番，清出了一条通往主屋的路。

借着从室内传来的微光，芰衣注意到有人俯卧在房门口。

此时她已经意识到，适才那些不安的预感恐怕都会成真。而自己能否从这里脱身，则尚不可知。但她别无选择，唯有上前确认事态，去见证这出惨剧的现场。

终于，观芰衣来到了距离那倒卧的人影只有数步的位置。她不敢再靠近，生怕踩到地上那些正在结成冰凌的血水。芰衣小心地避开那暗红色的冰浆，绕到了倒卧者的头部一侧。她稍稍弯下腰，将手里的行灯移到自己的膝盖前方。

只见倒卧在地上的人纹丝未动，怕是已断了气。在尸体的背部上方偏左的位置，有一道深及脏器的刀伤。伤口被死死地冻住了，不再有血液涌出。

芰衣退后一步，一脚踩在了积雪上。她微微蜷曲双腿，几乎要蹲在地上了，将行灯放得更低，终于看清了死者的面容。

——是无咎伯父。

她不忍再细看尸体的表情。平日总是板起脸、皱着眉头的无咎伯父，弥留之际会以怎样的表情面对死亡，芰衣多少可以想象。

蓦地，她注意到无咎伯父脚边有几排足迹，散布在积雪上，一直延伸到行灯和屋里的光无法照到的位置。她循着足迹，向主屋西侧的空地走去。最终，一棵已经枯死的巨树占据了芰衣的全部视野。

一段被割断了的绳索自树上垂落，到地面有七八尺的距离。

在绳索下方，另一具尸体仰卧在那棵枯树刺出地面的虬根之上。那是若英的哥哥观上沆，堂堂七尺之躯就这样僵直、冷却，再也不复有生机。借着行灯的光，芰衣发现他的颈部留有一道五六寸长的刀口，大量的血水四处飞溅，在积雪上留下点点殷红。

芰衣转过身，准备离开，却又想再看一眼观上沆的面影。他们自幼一起长大，情同同胞兄妹，谁也没有想到死别会来得这么突然。可就是因为这一瞥，芰衣脚下却被某样东西绊住了。她踉跄了几步，并没有摔倒，行灯却脱手而出，落到了地上。

在火苗彻底熄灭之前，芰衣看清了绊倒自己的那样东西。她起初以为是树根，不意却是个空空如也的木桶。

她拾起落在地上的行灯，向主屋走去。其实芰衣并不愿踏进那扇门，她很清楚，那里一定有更加凄惨的景象在等待她。倘若灯没有熄灭，她本可以先回家一趟，将伯父和堂兄的死讯通报给父亲观无逸，再同父亲一起发现剩下的尸体。

只是，此时的芰衣没法摸黑走完回家的夜路，不得不先去主屋点燃手里的行灯。

一如芰衣所料，主屋内也是一片狼藉。伯母的背上中了数刀，而被她抱在怀中只有六岁的幼子，颈部有一道致命的伤痕。

两人的衣服上都浸满黑色的血污。

一只匕首被丢在地上，上面布满血迹。

对这把匕首，芰衣有印象。她将视线移往陈设在厅内的兵斓。果然，匕首的鞘仍留在那里。很显然，凶手从兵斓上取出匕首，继而杀害了一家人。这样说来，行凶者并不是强盗，更有可能是来访的客人。唯有这样，他才可能趁一家人不备，取下匕首行凶。

可是……

芰衣又将视线移向陈放武器的木质兵斓，其上还平躺着一把装在鞘内的六尺长剑。剑身以钢铸成，剑首为环形、玉质，饰以蘸纹，摽、镡及剑鼻用的都是白玉。摽上绘有凤凰的纹样，镡上则刻上了云纹。这柄剑是芰衣的祖父委托江陵的冶人筑造的。锋芒未试，只是常年摆设在那里。那柄匕首也是同一时期打造的。两者都被打磨得极其锋利，又得到了稳妥的保养。

从未使用过的兵刃最终竟然派上了这种用场，芰衣在心底叹息着，又借着燃烧的炉火重新点亮了行灯。

走出院门之后，她才感到了莫大的悲伤。在此之前，笼罩在她心头的情绪，只有与死亡为伴的恐惧。才走出几步，泪水便模糊了芰衣的视线，火光也显得飘忽不定。她垂下头，让眼泪滴落在脚尖前方的雪地上。

直到这时，芰衣才终于注意到了某个事实。

——为什么会这样？

她的心跳登时加速，被她丢弃在院门另一侧的恐惧感再度袭来。

——难道说，凶手仍躲在屋子里？

她一时领悟了事情的经过：凶手是在伯父将若英毒打并关进仓库之后来访的，那时还未开始下雪。若英应该是在访客和伯父在主屋交谈时逃走的，那时雪已降下。芰衣之所以这样考虑，是因为拘禁若英的仓库在主屋后面，假如若英要逃走，必须经过主屋前的院子。若英跑来的时候只是说自己被打了，并没有提及家人遇害的事情，说明当时院子里还没有尸体，案件还未发生。案发之后，凶手并未立即离开，而是继续留在院子里，或许是在寻找什么。之后凶手听见芰衣叩门，就躲了起来。

唯有这样才解释得通，否则的话……

尽管又飘起了雪，若英逃走和芰衣过来时的足迹仍清晰可见。

雪越下越大。芰衣终于飞奔到自家院门的时候，身后的足迹已经被不停飘落的大雪掩盖了。可以想见，新降下的雪也落在了伯父与堂兄的尸身上。她停下脚步，立在雪中，在悲伤之余努力整理着思路，却再也想不出其他的解释。

唯有这样才解释得通，否则的话……

否则的话，为什么伯父家门外的另一条路上，竟然没有任何足迹？

3

"……以上就是四年前发生在伯父家的惨剧。"

观露申讲完了案情,天色还没有完全暗下来,只是晚霞的边缘处染上了少许暗色。

"四年前吗?"

於陵葵反复咀嚼着这个词,不禁回想起了当时的事情。

那时葵刚满十三岁,才开始练习射术。她手上被磨出的胼胝一次次破掉,流出瘆人的脓水来,继而长好,再磨出新的茧子。教她习射的那位故将军,百战生还,脸上亦爬着蜈蚣般的疤痕。葵终于用两百斤的弓射中八十步之外的鹄的时,那位骁勇的故将军才第一次在她面前露出笑容。因为伤疤,那笑容竟比怒骂的样子更加狰狞可怖。为了庆祝,故将军与她当晚围坐在酒缸边,用劈开的瓠子斟酒喝，直到她醉倒，那位故将军才送她还家。原本性情拘谨的葵自此以后言行竟变得豪爽了起来。

"说起来，那晚露申在做什么呢？"

"当时我已经睡了，姐姐们也没有叫醒我。"

"这倒真像是你的作风。"葵调侃道，语调却无比冷静。弥散在两人之间的气氛仍有些压抑。"凶手至今都没有被捉拿归案吗？"

"是啊，至今都没有。"

"这样的话，我或许能帮上些忙吧。我曾经跟随京兆尹大人学习过如何断案决狱。在长安的时候，也帮官家解决过几起事件。虽然我不便参与调查，但碰巧很擅长总结线索，从中梳理出真相。"葵或许是真的想为露申做些什么，也有可能只是不愿放过这个展示才能的机会。"刚刚你对案情的叙述都是从你的姐姐观荚衣那里听来的，是吗？"

"是啊。"露申点了点头，"可惜荚衣姐已经不在人世了，没法告诉你更多的细节。"

"那么你的堂姐观若英呢？案发前的事情她应该多少还记得一些吧？"

"或许是这样，但是我们都不敢在她面前提起当年的事。"露申解释道，"自那之后，若英姐的精神状况一直不怎么稳定，总是将自己关在屋里，连门前的院落都很少去。两年前的初夏，荚衣姐尚在人世，曾强行拖着若英姐入山采香草，结果刚刚走出不足一里路，若英姐就因看到一条盘踞在树枝上的花蛇而跌坐在地。

芰衣姐抱住她，试图为她压压惊，竟也被她一手推开。若英姐就那样坐在原地，没有表情，也无言语，惯用的左手痉挛不止，过了许久方能勉强站起身来，在芰衣姐的搀扶下走回了自己的房间。我并不觉得麻木的人是坚强的，倒是认为那些极端纤细、敏感的人才是最坚强的，因为光是活下去就需要他们付出许多努力，忍受许多恐惧。而且若英姐姐还那么努力地……"

说到这里，露申又啜泣了起来。

"若英姐以前明明很勇敢，和我一起在山上玩的时候还会保护我……"

葵走向友人，卸下裹在右手指上的皮革，用手背替两手都已被野雉尸体弄脏了的露申擦去眼泪。

"你们两家住得很近吧？"

"不远。一里路不到，而且是易走的谷地。两面的山也很陡峭，不必担心有猛兽从上面跳下来。所以那晚若英姐没有带火也可以一个人跑过来。"

"原来如此。观芰衣通报这件事之后，你的父亲又亲自前往伯父家了么？"

"是的，芰衣姐也跟去了。"

"嗯，我明白了。观若英来到你家的时候已经是傍晚了，那场雪已经停了，地面留有积雪。所以从你伯父家到你家的路上留有观若英跑的脚印。她没有提到那起血案……"葵分析道，"说起来，从她被关的仓库逃到你家，一定要经过主屋前的空地吗？"

"一定要经过的。"

"那样的话，如果她没有刻意隐瞒，凶案应该发生在她离开之后。可是，她离开的时候雪也已经停了，假使凶手是在她离开后才从另一条路前往你伯父家的话，也应该在路上留下痕迹吧？可是观芰衣第一次到达案发现场的时候，从你的伯父家通往山外的那条路上并没有留下谁的脚印。这就说明……

"说明凶手在雪停之前就来到了无咎伯父家，一直留到若英离开。那么，这段时间凶手应该待在哪里呢？"

"芰衣姐推测，这段时间凶手应该是以访客的身份留在主屋。"

"这样的话，杀人就是从主屋开始的，先遇害的是你的伯母和堂弟，之后是你伯父，最后是你的堂兄。"

"既然凶器是从主屋的兵籣上取下的……"

"这里就是我最想不通的地方了。"葵摇了摇头，继续说道，"听完你的描述，关于凶器，我一直有一个疑问。如果不能解决这个疑点，你姐姐的这个假说或许就无法成立了。我不明白，为什么凶手没有用摆在兵籣上的长剑做凶器，反倒选了那把匕首？"

"或许只是用起来比较顺手的缘故吧。在室内挥动长剑，可能并不如使用匕首来得方便。"

"在室内的话或许如此，但是，你的伯父和堂兄都是在室外遇害的啊。现在，我们可以分三种情况来讨论案情。第一，案发时他们两人都在主屋。如果这样考虑的话，他们未免太胆小了，凶手只是拿着一把匕首而已，就丢下妇孺不顾，只想着自己逃命。而凶手追击他们的时候，也理应拿上那把长剑才对。因此，这种可能性可以排除。第二，案发时，你伯父或堂兄中有一人在主屋，另一人在屋外。基于同样的理由，这种可能性也很难成立。那么，第三种情况，案发时他们两人都在主屋外，你伯父听到妻儿的惊叫声才奔向主屋，并在门口遇害……"

"那样的话，凶手更应该取下长剑迎击他，是吗？"

"是啊。"葵说到这里沉默了片刻，或许是为了给露申留一些整理思路的时间，"凶手对凶器的选择很不自然，而观芰衣的猜测不能解释这个疑点，所以恐怕无法成立。换言之，我们必须考虑其他的可能性。"

"其他的可能性？我不明白。"

"假如作案者不是外人的话……"

"小葵，你知道自己在说什么吗？"

露申一瞬间怔在了那里，提在手里的野雉也落在了地上。她无法顺着葵的思路继续思考，也不希望葵说下去。露申本能地意识到，面前的友人正在步入禁忌的领域，放任她继续梳理案情，只能让两人刚刚建立的友谊蒙上一层阴影。

"我当然清楚自己在说什么。"葵却没有注意到露申正浑身颤抖，上齿也紧紧地咬住了下唇。"既然雪地上只留有观若英的脚印，而她又是你伯父一家唯一幸存的人，那么这种可能性也就不得不讨论一下了——你的堂姐观若英会不会是凶手呢？"

对此，露申沉默不语。

"如果我们假设她是凶手，那么在处理选择凶器的理由之前，还有另一个需要解决的问题，即，观若英是如何进入主屋拿到凶器的？她刚刚挨过打，又被关进了仓库里，这时不可能堂而皇之地走进主屋吧？不过，被关进仓库是她的一面之词，说不定挨打之后她就一直在主屋里。那样的话，她就有了拿到凶器的机会。现在，再让我们为她选择匕首而非长剑找一个理由。原因或许也很单纯，匕首较长剑更容易隐藏。可以想象，因为不愿再遭受非人的虐待，若英有了杀害全家人的念头。她趁着父兄不在主屋、母亲和弟弟又没有注意到的时候，从兵籣上取下匕首，藏在身后，悄悄地杀害了母亲和弟弟。继而躲在门边，准备伏击你伯父，并且如愿做到了。背部中刀之后，你伯父向外爬了几尺，倒在了地上。这个时候你堂兄在院子西侧的巨树那边，对发生在身边的惨剧还毫不知情。观若英将匕首藏在身后，若无其事地靠近他，紧接着……露申你在听吗？"

"小葵，已经够了，不要再说下去了。我还想和你做朋友。"

"这个说法虽然较第一种猜测更合理一些，但是还有很多没法解释的地方。例如，从枯木上垂下的那根被切断的绳索到底有什么用途？又比如，绊倒你姐姐的那只木桶为什么会出现在那里？一个完美的解答，应该在解释凶手选择凶器的理由的同时，也将这些疑点一并解决掉。我刚刚的那番推理显然做不到。"

幸好，幸好小葵没有怀疑我的亲人——露申暗自庆幸着，紧绷的面部肌肉因而缓和了许多。可是葵植入她心底的阴翳终究无法驱散，因为外人作案的可能性几乎被葵排除掉了。至此，露申只好寄希望于葵的智慧，期待她能想出一个可以冰释所有疑点的合理解释——解释为什么外来的凶手要选择匕首而非长剑，同时也解释那段绳索与木桶的用途……

可是葵到底不受露申意志的支配。造物主赐予她足以洞悉一切的智慧，仿佛只是为了让她继续伤害露申。

缓缓地，葵开口了，讲出了最能令她自己信服的解答：

"在我看来，真正的凶手是你的姐姐观芰衣。"

4

"我们之所以会认为凶手选择匕首而非长剑是不合理的举动,只是因为长剑和匕首相比,更适合用来杀人。但是,做另外的一些事,匕首可能较长剑更方便。所以,假如凶手取下匕首本是为了让它派上别的用场的话,那么这个行动就完全合乎情理了。"葵解释道,"换言之,对于凶手来说,杀人是临时起意的行为,她在用匕首做完某件事之后才对你伯父一家起了杀心。"

露申并不理会葵,却听得心惊胆寒。

"那么,有什么事情用匕首可以方便地做到,使用长剑反而不方便呢?这样的事当然有很多,但结合现场留下的线索来看,果然就是那件事了吧——凶手在杀人之前,先用匕首割断了那条挂在枯树上的绳索。"

"那条绳子……"

一直赌气不愿和葵说话的露申,还是忍不住开口了。

"我想露申也猜到那条绳子的用途了。你的伯父是个残忍的人,他并不打算原谅观若英。发现她从仓库逃走之后,你伯父想的却是要加倍责罚她。依照我的推测,那天发生的事情大抵是这样的——

"观芰衣抵达你伯父家之后,他们一家人都还安好。你的伯父正在将绳索系在院子里的那棵巨树上,而哥哥则将盛着水的木桶带往那边。你的伯母和家中幼子应该在主屋里烤着炉火。家中的人见观芰衣来访,就招呼她进屋烤烤火、暖暖身子,她照办了。而就在这时,观芰衣听到了他们父子间的对话。

"原来,挨过打的观若英从仓库逃走的事情已经败露了,你伯父决定等她回来,将她吊在院子里的那棵树上,再鞭打一顿,作为逃走的惩罚。而之所以需要水桶,则是为了一旦将她打得昏厥过去,可以用冷水将她泼醒。观芰衣知道了这件事之后,想必非常震惊,因为以观若英的身子,恐怕很难挨过如此严厉的处罚。她一心想要阻止伯父。所以,她从兵籣上抽出了那把匕首,奔到树下,割断了将被用来捆缚观若英的绳索,又与伯父争执了起来。交涉最终以失败告终,伯父执意要让观若英受到'应得的惩罚',于是……"

一瞬间,露申也听信了葵的结论,顿时觉得脚下的地面已塌陷,林莽就悬浮在半空中,绕着自己高速旋转。

她将两膝并拢,双手抵在大腿上,放低重心,努力不让自己跌倒。

"……于是观芰衣用那把匕首杀害了你伯父全家。她这么做只是为了保护观若英。同时，观芰衣向你描述的案发现场，并不是她当日初访伯父家的情形，只是她捏造的现场状况。"

此时的露申还不知道，直爽而博闻的葵也有残酷的一面，只在和自己的女仆小休独处时才会流露。

刚刚的那番解答，或许也只有用惯了鞭子的葵才会想到。

小休这个名字是於陵葵为她取的，摘自《大雅》中的《民劳》一篇。自从被赋予了这个名字，这位比葵还要小上一岁的少女就开始了其劳碌不止的人生旅途。葵自长安游历到楚地，小休一直紧随其后，起居杂事都是她一手打理的。由此可知，"小休"是表相，"民劳"才是於陵葵为她取这个名字的真正用意。

葵与露申外出狩猎的时候，小休正在打扫观家为葵准备的客房。

出身豪族的葵对于吃住一类的事情一向十分挑剔，小休侍奉她也总是格外谨慎。葵时而会责罚小休，下手并不重，甚至从未将小休弄哭过。当然，大多数的时候小休并没有做错事，只是被严苛的主人迁怒了而已。

"但是这样的话，小葵……"

"露申，你想说什么？"

林莽间疾风骤起，卷着尘土和花叶掠过两人的衣裾。

葵为了听清露申的话，向前凑了一步，露申却有些厌恶地把脸背了过去，凝视着被眼里的泪水渲染过的黄昏风景。

落日将尽，红颜正化作枯骨，引得群鸦翻飞天际。

起初，云霞的边缘染上了晚空特有的紫色，一寸寸向内部蔓延，渐渐只剩下与远山相接的一块仍留有一抹亮红的云彩。至此，落日已经全然没了踪影。一道光从山脊的背后投射到云端，为云层焦黑的边沿镀上了不纯的金色。不消多少时候，这廉价的装饰物也被剥落殆尽。

聚拢在西侧天空的云团，终于化身为一具黑色的骷髅，上面竟连一块带血的腐肉都不剩了。

暗云最终消失在夜空里。在下弦月升起之前，谁也不会注意到它的存在。

"……小葵，很不幸，你的说法可能无法成立。"观露申冷冷地说，"假若芰衣姐真的是凶手，她完全没有必要告诉我们有关足迹的事情，因为那件事只有她一个人知情。在芰衣姐回家通报父亲的时候，又下起了大雪，曾经有过的足迹都一并被掩盖了。芰衣姐完全可以隐瞒，只要绝口不提那条路上没有足迹的事情，任何人都会认为在大雪降下以前，那里留有外来的凶手留下的足迹。她若是凶手，讲出这件事对自己无疑是非常不利的。芰衣姐讲出了足迹的事情，所以她不会是凶手。"

听完露申的这番话，葵点了点头。

"也许你是对的。我不了解她的性格，也无从了解。你的姐姐是个谨慎的人吗？如果不是，她便有可能一不小心说漏了嘴……"

"小葵，对芰衣姐的事情，你有多少了解呢？"

"关于她,我几乎一无所知。只知道她对观若英尤其照顾,是个很温柔的人,并且在一年前过世了。"

"明明什么都不了解,刚刚却那样恶意地中伤她。我讨厌这样的小葵。"

於陵葵垂下头,听着观露申的责难。

"芰衣姐终其一生都没有离开过云梦泽。我不知道这是她的幸运还是不幸。我只知道,芰衣姐非常渴望云梦之外的广阔世界。我的姑妈嫁给了一位姓钟的乐府官,平日住在长安,但每年这个时候都会返回云梦泽参与祭祀。芰衣姐从姑妈那里听闻了许多关于长安的事情,也心向往之。据说她曾经偷偷委托姑妈在长安帮她物色一位夫婿。然而对她的未来,父亲却另有打算。父亲原来的考虑是,伯父家留下长子继承家业,幼子则过继到自家。因为四年前的事件,父亲不得不重新考虑观氏家族的子嗣问题,结果这个担子很自然地落到了身为长女的芰衣姐肩上。也就是说,父亲希望她能够……"

"希望她能够招一位赘婿,对吗?"

"是啊。对于一心想要离开云梦泽的芰衣姐来说,这自然是个沉重的打击。芰衣姐长久以来的愿望一直是,嫁到云梦以外的地方,顺便将若英姐也带走。在她看来,只有这样才能保护若英姐,从而避免让过于严厉的伯父继续伤害她。尽管,因为四年前的事件,伯父已经不在了——这样说或许不太好,但是事实如此——总之保护若英姐的愿望似乎实现了。或许芰衣姐这个时候才发现自己真正的愿望其实只是离开云梦泽、离开观氏家族隐居的僻地。敏感的芰衣姐一定因此而深深自责了一番吧，毕竟，她一定觉得这是一种自私自利的想法。或许是出于这种自责的心情，芰衣姐最终答应了父亲的要求，同意让父亲为自己挑选一位赘婿。可是芰衣姐心里一定非常、非常地不甘吧……"

"那还真是相当可怜。"

听了观芰衣的故事，於陵葵不禁喟叹道。

毕竟，对于富贵人家的女孩来说，与赘婿相伴终老是种极端恐怖的归宿。

在时人看来，赘婿与隶臣无异，只是帮助没有子嗣的家族传宗接代用的工具罢了。有女而无子的家族若要延续其血统姓氏，就不得不借助于赘婿。在淮南一代的风俗里，将自己的孩子卖与他人就称为"赘子"；同样用一个"赘"字，则"赘婿"地位之寒微也就可以想见了，且"赘婿"们的来源也大多可以这样解释。

观芰衣同意父亲为自己招一赘婿，大抵就是同意他将自己配给家奴的意思。

之所以要用"招"，是因为观家未畜男性奴仆，还需要再买一"赘子"来充当观芰衣的"赘婿"。

只要观芰衣同招来的赘婿生下男孩，观氏家族的香火也就可以延续下去了。

可是，那也意味着观芰衣要同一介奴仆一起过完一生，还要屈辱地与奴仆行床笫之事，并生下奴仆的骨血。

做了十余年的长安之梦，也只得破灭。

等待观芰衣的未来就只有绝望而已了。

"所以芰衣姐没多久就病死了，恐怕她的心死得更早。芰衣姐病重的时候，已经预感到自己无法挺过这一关，于是对我们姐妹几个说：'对不起，恐怕我一死，你们就要承担我的不幸了。'其实江离姐一直练习演奏乐器，为的也是离开这里，成为姑父那样的乐师。若英姐则努力要完成伯父的遗愿，让自己成为参与官方祭祀的巫女。想来想去，这个担子恐怕还是会由我接下吧……"

於陵葵听到这里，只是锁紧眉头，伫立不语。

"芰衣姐临终的时候唱了《九章》里的一段，小葵应该能猜到是哪一段吧……算了，也不要猜了，反正答案一定是悲伤的句子。你若猜错了，我还要多听几句丧气话。芰衣姐临终绝唱的内容是——

"'哀吾生之无乐兮，幽独处乎山中。吾不能变心而从俗兮，固将愁苦而终穷。'"

这一次，於陵葵也落泪了，为那名不曾谋面的少女。

"可是呢，露申，你知道吗，"葵饮泣说道，"赘婿什么的根本不是最悲惨的命运。我也是长女，我也有自己终将面对的未来。不，或者说，那种禁锢早就已经加在我身上了。或许你不了解，春秋时齐国有位昏庸的国君，谥号是'襄公'，他曾经下令国中民家长女不得出嫁。被禁止出嫁的长女要主持家中的祭祀，被称为'巫儿'。后来的齐人都深信，假若'巫儿'与人结合，她的家族就会遭遇灾厄，那个女孩子自己也会变得极端不幸。至今齐地仍有这种风俗。我虽然生长在长安，但於陵家族毕竟是自齐地迁出的，所以也遵从着这一陋习。仅仅因为那位古代昏君的命令，我一生的命运就早早地被决定了。没错,我是长女,小的时候父母也唤我'巫儿'……"

说到这里,於陵葵悲哀地笑了起来。

"明白了吧,露申,多么可笑的命运啊!终此一生,我都无法嫁人。"

第二章

室家遂宗,食方多些。

1

入夜，葵换上曲裾的纱縠襌衣，随露申一起前往主堂。小休则在东侧的庖厨协助观家的仆人准备肴膳。

正堂的屋顶榦木四交，状若鹓冠。半开放的堂前设了四扇屏风。楹间则支起一方猩红幄幔，用金线绣上了凤纹，又缀以列钱、流苏。堂内左右各设两座七枝灯，枝端各施行灯一盏。两灯之间又置有豆形铜熏炉。灯与炉体皆鎏金。观其形制，似是六国时的旧物。当日观氏家族掌管楚的国家祭祀，所封皆膏腴之地，王室所赐也尽是稀世之物。只是兵燹之后，家国破亡，荣华都成憔悴，就是这鎏金的器物，也不复有当年的颜色了。

细烟数缕，在灯火下更显缥缈。

葵在长安时便很喜欢搜集西域传来的异香，其中最好月支国的使者带到长安的"却死香"。相传这香来自海岛，采取甚难而形状甚陋，但馨香并世所无，一熏则数日不散。所以虽然其售价几乎与同样大小的白玉相等，葵仍多次遣小休潜入藁街购置。

相比之下，观氏今日所熏的，不过是最寻常的蕙草罢了。但炉中又填有高良姜与辛夷，于是调和出一种葵不曾嗅过的香气。

主人观无逸已在堂中，将葵请到坐西朝东的上座。

座前已置了食案，表面髹漆，足则裹铜鎏金。

葵平日用餐，并不使用这样有足的食案，而是用无足的椴案，案上摆好杯盘，杯里盛上酒浆。在她用餐的全过程里，小休必须跪坐在对面，两手将椴案举起，与眉目齐平。用餐完毕，葵会用那杯酒酹口。用餐的时候，葵若是心情好或是觉得饭菜可口，就会命小休抬起头，自己则用手里的箸夹菜喂与小休。虽然这会加大她保持案面平衡的难度，小休仍会感到快慰，毕竟这是主人对自己工作的肯定。但假若葵要迁怒于她，或是饭菜令葵不满，小休就会受到残酷的对待。葵会将盘中剩下的饭菜逐一洒在小休的头上，再命她继续举着椴案，直到自己气消为止。

食案上置有铜质染器，这是食肉时要用到的。所谓染器，分为上下两部分。下部是小巧的炉子，其上置一铜杯。使用时先在杯中盛上调好的酱汁，点起炉火，再把用白水煮过的肉放入杯里烹煎。经过这样的处理，既能使肉保持温度，又能使之更好地吸取酱汁的味道。当然，这样的染器席间只摆了三只。其一在葵的案上，其一留与另一位来迟的客人，剩下一只则归主人观无逸使用。

染器左侧放着一只羽觞，觞中无酒。羽觞旁有挹酒用的漆勺。

葵又注意到了紧邻自己的食案旁放在地上的牺尊。这方酒尊是铜质的，牛形，背上有盖，腹中盛酒。早在七八岁的时候，葵便在《诗经》中读到了"牺尊将将"的句子。只是在长安城，这样的盛酒器早已不流行了，所以她从未亲眼见过。观家所用的这方，想来也是前代流传下来的。葵不禁在心里感慨，这只脊背上被人开了洞的牛，表情竟是安详恭顺的，还真是逆来顺受，如此说来，倒是和自己的女仆有几分相似呢。

观氏一族和葵都已入座。主人观无逸的妻悼氏与女儿江离、露申也在场。露申身边坐着她的堂姐观若英。同在席上的观姱是无逸的妹妹，自长安远道而来，先葵几日抵达。她的一子一女也陪同前来，座邻观姱，分别唤作展诗与会舞。妹妹与小休同龄，哥哥则长她五岁。观姱与其夫钟宣功尚育有一子，年幼，不能远行。钟宣功因公务繁忙，亦不能来。今年观无逸因为身体不适，并不打算主持祭祀，就将筹备事宜交与妹妹观姱处理，舞蹈则由女儿江离负责。

客人还未到齐，主客对坐无事，就聊了起来。因葵今日才抵达，午后又外出射猎，许多人都是第一次照面，就向他们介绍了自己。

正巧小休忙完了庖厨的工作，进入正厅，退跪在葵斜后方，以便稍后侍奉主人饮酒用餐，葵便顺势向在座的人介绍了她。众人中读过《诗经》的，都觉得"小休"这名字取得甚妙。随后观无逸向葵介绍了自己的亲族。

那位来迟的客人名叫白止水，云梦人，今年已四十岁了。年轻的时候曾游学长安，从夏侯始昌问学《诗经》，颇得其学问，却终不能获得一官半职。

当时《诗》学裂为四家，得到官方承认的就只有齐、鲁、韩三家而已。而白止水在长安的时候，以韩婴为代表的"韩诗"最得势。今上即位之初，夏侯始昌的老师辕固生已年近九十，无法在皇帝面前为自己的学说谋求地位，而夏侯始昌这一辈尚且年少，亦不受皇帝的信任。结果，以他们为代表的"齐诗"日渐衰微。

数年之后，白止水还乡，在家中传授经学，终不得志。他在治学方面，不满足于墨守师说，总想着要另立新义，又因出身楚地，所以不免援引许多巫鬼之说来解释《诗经》。结果被同门视作异端，影响不出云梦一带。

近几年来，因为夏侯始昌的努力，"齐诗"这一派又兴盛了起来，但备受同门排挤的白止水仍不能从中获得什么好处。葵在长安的时候，已听说过白止水的学说。身为巫女的她，很快就为之吸引了。

白止水最著名的一个说法，是他对《诗经》"齐风"中的《南山》以下六篇的阐释。他认为这些诗都在描写身为长女而无法出嫁的齐国巫女。葵虽然不赞同他的学说，却也觉得他能理解自己的悲哀。

一阵马嘶声终止了葵的回忆。转瞬，白止水已步入厅堂。

他体长八尺，身着赤衣紫裳的燕服，以帻束发，容貌甚伟。此时虽开口笑着，眉宇之间仍沟壑密布，想来平日总生活在忧愤里，以至将苦闷烙印在了额头。

待白止水入座，酒宴便正式开始了。

观无逸命自家的仆人斟满一觞，献与白止水，又斟一觞献与葵。两人饮罢，小休已斟好两觞，摆在葵的食案上，两人执此酢与主人。之后主宾对饮，其余在座的人也各饮一觞。当是时，观姱命观家的仆人取琴，葵亦命小休备瑟。待她们取来乐器，钟展诗援琴作乐，会舞倚声和歌，唱的是《青阳》：

青阳开动，根荄以遂，膏润并爱，跂行毕逮。
霆声发荣，壧处顷德，枯槁复产，乃成厥命。
众庶熙熙，施及夭胎，群生啿啿，惟春之祺。

葵心知这是国家祭祀时使用的乐曲，平民不能用在筵席间。不过她在自家也见惯了这样的僭越，并不怎么在意。钟会舞歌罢，葵鼓瑟歌《頍弁》，其末节曰：

有頍者弁，实维在首。尔酒既旨，尔肴既阜。岂伊异人，兄弟甥舅。
如彼雨雪，先集维霰。死丧无日，无几相见。乐酒今夕，君子维宴。

这是葵最爱的《诗》章之一，饮酒必歌之。特别是"死丧无日，无几相见"一句，每次唱到都使她感怀不已。人生究竟是短暂的,"自古皆有死",怎样的相逢、宴乐都有终极。今日的宴饮,想来不足以与这首诗描绘的场景相提并论。只是作诗的人而今安在?自那以后,曾高歌此曲的人,想必也不少,如今所剩又有几人?

曲终,酒罢,观家的仆人将一口冒着热气的铜釜抬到厅内,又将釜中的肉分与在座的人。小休在一旁为葵的染器点上火,将肉浸到染杯里。葵的舌头其实禁不起过烫的食物,但还是趁热吃下了。从味道判断,应该是豚肉,而且是肩部最肥美的部分,葵在心底很感激主人的盛意,虽然此类平凡的肴膳早已无法满足她了。

少顷,观家的仆人将铜釜搬走,又搬进来一口铜镬,内盛白水煮过的禽肉。那正是葵今日猎杀的野雉。仆人将胸肉析为细缕,分与葵,又为她备了一只酢器。葵将禽肉蘸醋食用,亦觉得很可口。

继而,装满煮熟的精米的铜簋被搬至筵席间,同时被搬进来的还有几只菹罂,内盛各类腌菜。这次是露申亲手为葵取出罂里的腌菜,置之漆盘中,递到葵面前。葵还未道谢,露申已先开口了。

"请务必多吃一点,这是葵菹哦。每年九月的时候,我们都会把生在地里的小葵一棵一棵砍下来,再把它们都放进罂里面腌制。在罂的上面注一层水,小葵在那里不能呼吸,到来年就都变成这样一块一块的葵菹了。我最喜欢变成这样的小葵了,咬起来清脆爽口,小葵要不要也试一下呢?"

"葵"是当时最常见于食案上的蔬菜,从小到大,於陵葵总被无聊之人开这类无聊的玩笑,早已习惯了,并未往心里去。

"我说啊，"葵叹道，"你我都是植物，就不要互相调侃了吧。"

露申想想觉得颇有道理，自知没趣，就没再说下去。正在她准备返回座席的时候，葵一把拉住她的衣袂。

"留下，我自幼不食同类，你要负起责任把这些'小葵'吃掉才行。"

"同类吗？"露申顺势扑在葵身旁，指着她问道，"这个小葵也可以吃掉吗？"

"这个不可以。你真的恨我恨到恨不得食肉寝皮的程度吗？"

葵嘴上连用了三个"恨"字，眼里却都是笑意。

"嗯，就不能对一个人喜欢到忍不住要食肉寝皮的程度吗？"露申反诘道，"除了吃掉之外，还有什么办法让对方成为自己的一部分呢？"

"爱一个人就要使之成为自己的一部分吗？露申的趣味还真是猎奇呢。"

"嗯，或者，让自己成为那个人的一部分也可以。"

"这倒是很容易做到呢。"微醉的葵轻笑着说道，"只要伤害对方就可以了。我说的不是那种作用于筋骨皮肉的伤害，而是去伤一个人的心。做出一些对方绝对无法接受的事情，讲出对方绝对无法接受的话，使那个人的心里在余生中都留着由你造成的创伤。如此一来，你也就成为了那个人的一部分。"

露申默默地听着葵的歪理。

"不过，只是这样还不够吧。毕竟自己还是自己，并没有完全成为对方的一部分。若要做得彻底，还得让自己真的消失才行。"

"通过自己的死来伤害对方吗?"露申露出不悦的神色,"真的会有人用这种方式表达自己的爱意吗?若这也能被称为爱,这种爱就结果而言,已经同憎恨别无二致了吧。"

"你错了,露申。这才是最高的爱。古之名臣,所谓直言极谏、杀身成仁者,无不是践行了这样的一套行为逻辑——通过自己的死,在君主的心里留下创伤,藉此来达到进谏的目的。曾兴兵灭楚的伍子胥如此,一心想要复兴楚国的屈原亦是如此。他们自杀正是出于这样一种忠爱:让自己的政见成为君主生命的一部分。"

"屈原才不是你说的那样……"

"是吗?"葵叹道,"你会这样想,只是因为不了解罢了。那么就让我来告诉你屈原究竟是个怎样的人,度过了怎样的人生!"

2

宴会开始后，白止水总在与观无逸叙旧，葵根本搭不上话。但当她高声讲出这句话时，白止水的注意力就被吸引过来了。不仅如此，酒席间的嘈乱一时被扫尽，每个人都对葵下面要讲的话抱有好奇之心。

"我在十岁的时候初次读到《离骚》，见而好之，熟读成诵。但在当时，我并不知道屈原的身世。两年之后，一位留居长安的楚巫到我家中拜访，我因而向她请教了许多有关屈原的事情，才知道我原来的理解可能是有问题的。又过了两年，我终于通读了屈原的全部作品，又觉得自己最开始的理解是完全正确的。因为一开始未曾听闻世上流传的屈原的事迹，只是从《离骚》的原文推测作者的身份与遭遇，所以我的看法与通常的说法有不小的出入。而与屈原的传记资料抵牾最多的一个推测，就是作者的性别问题。在我看来，屈原的身份并不仅仅是士大夫，同时也是参与楚国国家祭祀的巫女。"

"巫……女？"

在座的众人或惊呼，或议论，场面又嘈杂了起来。葵却镇静地点了点头。

"首先，让我们梳理一下屈原在作品中是如何描述自己的。

"在《离骚》里，大多数时候屈原都将自己写成女性，例如'众女疾余之蛾眉兮，谣诼谓余以善淫'。并且，细绎文意的话，可以发现屈原其实是将自己描述成巫女。例如她说，'愿依彭咸之遗则'，又说'吾将从彭咸之所居'。这里的'彭咸'，根据文中'巫咸将夕降兮'这一句，可以推知指的是《世本》里记载的巫彭和巫咸。他们是传说中的巫者，一个发明了医术，一个则发明了筮法。以上是屈原将自己描述成巫女的第一个证据。

"在《离骚》和其他作品中屈原时常描写自己采集芳草。实际上，这正是巫女的工作，例如'朝搴阰之木兰兮，夕揽洲之宿莽''揽木根以结茝兮，贯薜荔之落蕊'。宋玉在《九辩》里也是这样描述屈原的：'以为君独服此蕙兮'。虽然文中说的都是'集芙蓉以为裳''纫秋兰以为佩'，也就是用芳草装饰自己。但是我总觉得，她采集那么多香草实则并不是为了这个目的。儒家的礼书里有一种专门记录古代的官制，其中讲到了'女巫'一官的职责，有一项是'衅浴'，也就是用香草沐浴的意思。我想这才是《离骚》的主人公采集香草的真正目的。以上是屈原将自己描述为巫女的第二个证据。

"再者,《离骚》中有一句是'吾令鸩为媒兮,鸩告余以不好',此处的'不好'即是不祥的意思。那么,为什么这桩婚事是不吉利的呢?原因很简单,因为文中的主人公背负着不能婚恋的禁忌,所以她的恋情必将以不幸告终。以上是屈原将自己描述成巫女的第三个证据。

"传统的阐释,总将这样的写法说成'寄托',也就是用美女譬喻忠臣。但是我并不这样认为。因为,假若这是寄托,屈原理应在作品里始终如一地将自己写成不幸的女子才对。但是,屈原又写道,'高余冠之岌岌兮,长余佩之陆离'。此处是在描述自己的服饰,这显然是穿在士大夫身上的男装。我们还可以参看屈原的另一首作品,《涉江》。屈原在这首诗中写道,'余幼好此奇服兮,年既老而不衰。带长铗之陆离兮,冠切云之崔嵬'。屈原说自己喜欢'奇服',但是我并没有看出这衣服奇怪在哪里,这只是楚地士大夫最普通的打扮罢了。但是,若一个女孩子穿戴成这样,恐怕的确称得上是'奇服'了吧。换言之,屈原的作品中的主人公,不仅是名巫女,而且是自幼身着男装直至暮年的巫女。若以'寄托'来解释,实在是讲不通的。我不知道谁能猜出这些关于男装的描写是在隐喻些什么。既然不能以'寄托'解释,那么让我们换一个思路来理解这些诗句吧——恐怕,以上这些全部是写实的,屈原正是这样一位一生身着男装、跻身士大夫行列的巫女!"

葵讲完了自己的推想,只有白止水一人表示"这个猜测可备一说"，露申则说自己一时难以接受。见状，葵继续补充道：

"诸位不能接受这种说法，大抵是因为就常理来说，女孩子是不能做官的。而屈原却曾做过左徒、三闾大夫，又曾出使齐国，还参与了楚国宪令的制定，这似乎不是巫女应做的事情。但是我读了《左氏春秋》和楚王室的谱牒之后认为，这样的事情在当日的楚国是完全有可能发生的。"

"小葵竟比我们楚人更了解楚国的历史文化吗？"露申不满地说。

"我当然没有这样的自信。不过《左氏春秋》这部书藏于秘府，外人很难见到。有人说贾谊懂这部书，但我并没听说有谁从他那里接受了这套学问。结果，我用重金买通了太史令，才得到它的抄本。这书虽然偶尔会引用《春秋经》，但大部分的篇幅都在讲故事。因为里面的一些事情尚有其他史料可以稽考，我逐一查验之后发现，《左氏春秋》的相关记述全部属实。所以，我想这里面对楚国开国时的记述，应该也是可信的吧。

"《左氏春秋》记录了子革答对楚灵王时说的话：'昔我先王熊绎，辟在荆山，筚路蓝缕，以处草莽，跋涉山林，以事天子，唯是桃弧、棘矢，以共御王事。'前面说的都是创业的艰辛，很容易理解，而'唯是桃弧、棘矢，以共御王事'则多少有些难懂。实际上，《左氏春秋》另一处曾说道，'桃弧、棘矢以除其灾'。也就是说，楚国的先祖熊绎在创业之初，并无其他力量，唯一能做的事情不过是以桃木弓、棘木箭来禳灾、祈祷罢了。换言之，楚国建立的根基不是武力，而是巫术。

"由此可知，这时的楚王，既是世俗的王，又是最为人尊崇的巫者。熊绎之后传了十五代，到楚武王的时候，国家的体制已经发生了变化。那时的楚国，世俗政治与宗教日渐分离，巫者的地位一度降低。所以到了楚昭王的时代，国家不得不进行宗教改革。

"提出革新宗教建议的人，就是诸位的先祖观射父，他也是我最佩服的几个古人之一。观射父的提议记录在《春秋外传》里，我想诸位一定比我更熟悉，那就是所谓的'绝地天通'。露申，你明白这个说法的确切含义吗？"

观露申不敢应答，葵便继续说了下去。

"所谓'绝地天通'，就是建立国家神道的意思。'神道'这个词见于《周易》，我这里只是为了方便说明而借用一下。观射父对这个说法做出的字面上的解释是，'颛顼受之，乃命南正重司天以属神，命火正黎司地以属民，使复旧常，无相侵渎'，其背后的意思则是，将对天与对地的祭祀分归两名祭司管辖，他们都同时对王负责，只有王可以统辖他们。'天'与'地'分别对应'神'与'民'，对它们的祭祀权被垄断在王者手中。观射父提出这一学说恐怕是基于当时楚国的现状吧。我想，当日的楚国也有许多大夫、士在自家中供养巫者，为自己服务，擅自祭祀天地诸神，这种私人性质的祭祷，可以说是一种'淫祀'。长此以往，国家的祭祀势必会荒废，世俗的政令也将难以下达。所以，他才认为有必要实行'绝地天通'，建立国家控制的祭祀体系，以此重建一个政教合一的国家。"

"但是，你说的这些和屈原的身份又有什么关系呢？"露申问道。

"不要心急，马上就要论证到这个问题了。"葵说，"观射父在论证这个问题时，还特意解释了'巫'的概念：'民之精爽不携贰者，而又能齐肃衷正，其智能上下比义，其圣能光远宣朗，其明能光照之，其聪能听彻之，如是则明神降之，在男曰觋，在女曰巫。'也就是说，他肯定女性也有沟通神明的能力，这是他建立学说的一个前提。

"可以肯定的是，观射父虽然没有说明，但他构建的国家神道体系里，决不会只有司祭天地的两个神职人员而已。为了使王者可以统辖全部世俗与宗教事务，势必要建立一种对全国所有巫者的管理制度，为巫者排列等级、分派职责。

"在这个时候，巫女和男巫一样，都被编入了国家的宗教管理体系。这一体系与世俗政治的官僚体系原本是并行不悖的，但到后世，两个体系再难分离，终于结合，于是官僚与巫者之间就可以发生身份转换了。因而，身为巫女的屈原完全有可能担任左徒、三闾大夫一类的官职。"

葵讲完了自己的推测，环视厅内，在座的众人只是低头饮酒，并不在意她的这番话。葵这时才意识到，观氏不仅有位先祖曾向楚昭王提出"绝地天通"的建议，也曾有与屈原共事过的先人。虽然那已是渺远的所传闻世的事情了，但总有一二不为外人所知的逸事能流传至今吧。

在观家的人面前谈论屈原，究竟有些自不量力了。

就在葵这样想着的时候，一直不曾开口的观若英讲出了自己的看法。

"於陵君的观点非常有趣，对于我这样寡陋的人来说，的确很有说服力。或许你也向往着屈子这样的人生吧。不过，你在论证'屈原是巫女'这个命题时提出的三个证据中，有一个是不能成立的。"

若英讲话时并无表情，也不带语气，语速慢得让人忍不住想催促她一番，与欢快活泼的露申迥然不同。

"你说因为《离骚》的主人公背负着不能婚恋的禁忌，所以她的恋情必将以不幸告终。但是在楚地，并没有这样的禁忌。不仅没有，而且……有些话果然不适合在这种稠人广坐的地方讲出来。所以，如果方便的话请你过来一下，我可以在耳边讲给你听。"

"欸？一定要我亲自过去吗？"葵慵懒地转向小休，在她耳边说道，"感觉好麻烦的样子。不如这样吧，你代我到若英姐姐那里去，把她要说的话转告给我。"

小休膝行到若英身边，葵在自己的座席上看到若英对她耳语，似乎只说了一句话而已。而小休听罢，很轻地惊呼了一声，还习惯性地用手捂住自己的嘴。实际上，每次发觉说错了话，她都会做出这个动作。

当小休返回葵的身边，竟是一副魂不守舍的样子。

"果然还、还、还是主人亲自去听为好，她讲的事情，我不是很明白……"

小休迟疑地说。她是个瞒不住事情的孩子。葵又是个聪明人，一瞬间就明白了其中的缘由。

"也就是说，楚地的巫女其实是很淫乱的咯？"

"我就是这个意思。"

听到葵与若英的对话，满座皆惊。坐在葵身边的露申也感觉到了众人视线正集中到这边。她捂住脸，低声自语着"我是不是应该回避一下呢"。小休则苦笑着看着露申，用眼神告诉她，"对不起，我家主人一直如此，请勿见怪"。

"这样吗？我一直以为楚地也有这种禁忌呢。"葵说，"《左氏春秋》里记载了楚国公主季芈的言论，她说'所以为女子，远丈夫也'，我还以为类似的男女之防对于巫女来说会更加严格……"

"其实你说的那位季芈，后来嫁给了钟建，那个人正是我姑妈的夫家的祖先。所以这里面的事情，或许跟於陵君想象得有所不同。她当时对昭王说'所以为女子，远丈夫也，钟建负我矣'，表面上是说因为钟建背过我，所以我必须嫁与他，其实只是托辞罢了。当时郢都被吴国的军队攻陷，季芈与钟建一路逃亡到云梦这边，他们一起做过的事情远远不止背负这么简单……剩下的事情，请你自己去想象吧。"

若英语罢，钟氏兄妹窃笑着，观姱则露出不悦的神色。

她果然是个叛逆的女孩子，难怪会被父亲那样责打——葵也不禁在心里这样议论着若英。

"看来是我太小看古人了……"

"云梦这个地方，并不像很多外人想象的那样只是围猎的场所。其实，它也有其他用途。於陵君若读过宋玉的《高唐赋》《神女赋》的话，应该可以想象吧。在《高唐赋》里，宋玉写到自己与楚襄王一起游于云梦之台，望见高唐之观，又说先王曾梦见巫山神女与自己交合。在《神女赋》里则说楚襄王亦梦见了神女。但是，事情的真相又是怎样的呢？"

"是啊，怎样的呢？"葵欹着头，一脸好奇地问道。

"从襄王到今天，才过了不到二百年的时间，所以关于这件事有许多传闻。有一种说法是，襄王遇到的神女实则是高唐观里的巫女。宋玉讲的'先王曾梦见巫山神女与自己交合'，实际上也不过是和巫女……"

讲到这里，若英的语速和呼吸都急促了几分。

这位姐姐莫非兴奋起来了——葵在心里嘀咕着，若果真如此，她还真是符合自己对楚地巫女的描述呢。

"所以於陵君明白了吧，你对楚地巫女的理解有很大的偏差。她们在'男女之防'上并没有你想象的那种禁忌，反而较一般的女子要恣肆得多。"

观若英的声音已开始颤抖，她已走到了崩溃的边缘。其实，观芰衣死后，若英就再没讲过这么多话，是故在座的任何人都没有阻止她继续讲下去。

"不过听你这样一说，倒是消除了我的一个疑惑。我刚刚说，自己读《离骚》得出的一个结论是主人公身为巫女却恋慕着楚王，现在看来这个推测并没有错，而且可以找出许多旁证呢。"

"有些时候，心系家国的巫女为了实现'国富强而法立'的理想，总要做出一些让步和牺牲……即使是我，也是有这种觉悟的!"

和葵对话的时候,观若英左手一直握着羽觞,里面原本蓄满了酒。后来,羽觞随她的手臂晃动不已,酒浆横飞,濡湿了她的袖口。讲到这里时,觞中的酒已所剩无几。但葵并没有注意到这一点,否则她或许已经转变话题了。

"我非常佩服若英姐姐的这种觉悟。我想,这样的观点一定不是你即席编造出来的,而是经过多年的深思熟虑才形成的。只是对于这种想法,普通人怕是难以接受吧。不知道若英姐姐以前有没有向谁提起过这些……"

"提起过的。"观若英打断了葵的话,"向我的父亲……向我已故的父亲提起过。"

"他对此表示理解吗?"

"可能,理解不了吧。"

若英说着,表情丝毫未变,但泪水已低垂,簌簌地落在衣襟。就在这时,坐在若英身边的观江离将她强行扶起。

"若英醉了,我送她回去。"

江离说得很平淡,恐怕对于若英的种种反应,她早就习以为常了。甚至可以说,整个家族都早已习惯了若英的病态,若英也早已习惯同族的包容。

"於陵君,我懂了,"若英被江离搀扶着走向堂外时,背对着於陵葵说道,"莫非你们齐地的巫女,一直背负着那种禁忌吗?"

於陵葵并没有回答。若英也不再追问,她推开江离,迈步走出了众人的视线,消失在夜色之中。江离不放心她一个人回去,紧随其后。

"原来於陵君是齐地的巫女。"白止水叹道。他虽然从观家的信使那里听说了另一位客人的名字,但直到这时才初次听闻葵的身世,他明白这意味着怎样的命运。"即使如此,也希望你能追求自己的幸福。据我研究,《诗经》里也有讲述巫女婚姻的篇目,《小雅》的《车辖》一篇就是。而且据我分析,那名巫女也背负着禁忌——"①

"我现在很幸福。"

葵打断了白止水的话,一如既往寂寞地笑着。

"虽然很羡慕楚地的巫女,但是我并不想背叛自己的家族。或许以后会遇到某个能让自己忘却巫女职责的人,或许为了那个人我会不惜背负因亵渎神明与先祖而产生的诅咒,会为了那个人将灵魂燃尽、化作幽暗的萤火。但是现在还不曾遇见他,大概也不会遇到吧。所以,不管有没有先例,也不管会不会幸福,我只要、我只要……"

小休适时地为主人满上一觞酒。葵一饮而尽,陷入了沉默。白止水也不再说下去,只是低头看着漆盘上的花纹。

---

①小说中白止水对《诗经》的以上这些解释,全部来自日本学者白川静的《诗经的世界》一书。

3

"说起来,我一直想向两位博学的贵客请教一些关于神明的问题。虽然我知道儒者不谈怪力乱神,但现在大家一说起有关神明的话题,也总要援引儒说,否则就会被斥为异端。"

似乎是为了缓和气氛,主人观无逸开口了,将话题转向几日后的祭祀。

"观氏曾经执掌楚国的国家祭祀,祭祀的主要对象则是楚地信奉的神祇。其中东皇太一是最高的主神,其次则是东君、司命、云中君等天神,然后是湘君、湘夫人、山鬼等山川的神明,再之后是国殇一类的人鬼。屈原的《九歌》即根据楚地的诸神体系写成。我原本以为东皇太一是楚地特有的神,但是我听说如今汉王朝的国家祭祀也以太一为主神;而在长安主持对东君和云中君的祭祀的，并非楚巫而是晋地的巫者，这让我非常诧异，所以想向你们请教一下……"

"我在长安游学的时候，也听说了一些与郊祀有关的事情，但我主攻的究竟是《诗经》，对礼学研究甚少，恐怕不能为您释疑解惑。不过，於陵君好像精通礼书，对此应该有自己的看法吧？"

白止水就这样将自己无法解决的问题推给了他身旁的少女。

"我可能有些醉了，所以一时也不知该怎样回答。"葵说，"所以，请优容我费些时间，梳理一下本朝的国家祭祀，然后，关于'太一'的问题也就能得出答案了。至于为什么由晋巫来祭祀东君和云中君……实在抱歉，我也不是很明白。这是高祖在国家初立的时候制定的职权划分，或许沿袭自秦朝的制度吧。但是有一点可以肯定，太一、东君、云中君这些神祇，其实并不是楚地特有的，而是战国时代各国普遍的信仰。"

於陵葵的话似乎否定了楚地信仰的独特性，这令观无逸多少有些不悦，但他确实礼貌地"优容"了她，毕竟在他看来，对方尽管笃于学问、颇富见识，仍不过是个与自己的小女儿同龄的女孩子罢了。

不过於陵葵下面的话会证明，观无逸实在低估了她。

"'太一'又写作'大一'或'泰一'，有时则省称为'太'。中央政府对它的祭祀，始于今上。汉室之前祀奉的最高神，是五方的天神，也就是所谓的'五帝'，即白帝、青帝、黄帝、赤帝、黑帝。直到元朔五年的时候，山阳郡薄县有个名叫谬忌的方士，奏请今上祭祀太一，并提出了祭祀方法。他说，'天神贵者太一，太一佐曰五帝'，也就是说，他认为太一是统领五方天神的最高神。今上采纳了他的奏议，在长安城东南郊设立了祭祀太一的祠坛。这是中央政府对太一进行的第一种祭祀。

"第二种可以说是对第一种的补充。有人提议说，古代天子要祭祀'三一'，即天一、地一、太一。于是今上又命太祝在之前建立的祠坛上实行这一祭祀。

"之后，又有人提出了新的祭祀方法，被今上采纳并在之前建立的祠坛旁实行。这一方法不仅祭祀太一，同时也祭祀了黄帝、冥羊、马行、皋山山君、武夷君、阴阳使者等神明。这是对太一的第三种祭祀。

"到了元狩五年，今上大病初愈，建立寿宫，祭祀神君。神君之中地位最高的是太一，其次是太禁、司命一类的神。这是第四种。

"至元鼎五年，今上命祠官宽舒在甘泉宫建立了太一祠坛，模仿谬忌讲的形制，共三重，将供奉五帝的祠坛环居在太一祠坛之下。当年冬至，今上亲自郊拜太一。据说那晚夜光通明，有黄气冲天而上。这便是对太一的第五种祭祀。

"入秋之后，今上准备征伐南越，为此又祷告了太一，这次还绘制了'灵旗'，上面画了'太一三星'，所以又被称为'太一锋旗'。祭祷的时候，太史手执这面旗，指向准备征讨的国家。这是第六种。

"最后，到了元封五年，今上按照济南人公玉带奏上的明堂图的构造，在奉高县西南建立了明堂。明堂的具体形制我不便告诉大家，不过里面祭祀的神灵倒是不妨一谈。明堂主要祭祀我朝高祖，同时也祭祀太一、五帝和后土。这就是对太一的第七种祭祀。"

听完於陵葵的总结，众人满是茫然地面面相觑，无法从中理出什么结论。

"以上的这些祭祀，大约可以分为三类。"於陵葵继续说道，"首先是第三和第四种祭祀，其中太一的身份很难确定，祭祀的方法似乎也缺乏依据。我怀疑这些祭祀方法是方士杂糅民间信仰而创造出来的，所以我也很难从中分析出什么结论。

"剩下的五种祭祀，则可以分为两类。在第一类祭祀中，太一是作为至高的天神出现的，其中包括第一种、第五种和第七种。在这三种祭祀中，太一都与'五帝'一起出现，并且被视为'五帝'的统领者。因为'五帝'是各方的天神，可知此处的太一正是谬忌所谓的'天神贵者'。而在第二类祭祀中，也就是第二种和第六种祭祀方式里面，太一和数字'三'联系在一起了。这应该引起我们的注意。由第六种祭祀中所谓'太一三星'可以推知，在这里太一是星名。而结合第二种方法来看，'太一三星'很可能分别对应着天一、地一和太一。"

说到这里，葵啜了一口酒，继续说下去。

"下面，我想从天象的角度来解释这个问题。我认为，这两种'太一'都与我们头顶上的星空有关。在最初的观念里，天空的君主是日、月，而众星的地位几乎是平等的。《鸿范》所谓'庶民惟星'说的就是这个意思。

"后来,为了占卜的便利,'天官'系统渐渐形成了。

"'天官'将天空按照中、东、南、西、北划分成了五个部分,它们又分别对应着人间的种种事物。例如中官,就象征着人间的王宫。根据占星家的说法,'中官天极星,其一明者,太一之常居也,旁三星三公,或曰子属。'这里说的天极星,其实并不在天空的正中央,而是偏北一些,所以也被称为'北辰'。孔子所谓'为政以德,譬若北辰居其所而众星共之',说的也正是'天极星'。因为它的地位实在特殊,有时也被称为'帝星'。又根据'太一之常居也'这句,可以推知,这颗星就是太一。而《春秋公羊传》说'北辰亦为大辰',则是北辰即太一星的旁证……"

"可是,"露申打断了於陵葵的话,"小葵刚刚不是说,'太一'是三颗星中的一颗吗?如此说来,太一应该是'旁三星'之一才对。"

"的确,露申还真是捷悟啊。这里的'旁三星'就是所谓的'太一三星',即'三一',分别是天一星、地一星和太一星。"

"那么你刚才说的'天极星'呢?"

"那个也是太一星。"

"为什么会有两颗太一呢?"露申说着,用左手的食指蘸着酒在食案上画了一大三小一共四颗星。

於陵葵握住她的手,将之移到三颗小星那里,在其外围画下一个方框。

"三颗小星,合起来是'太一三星'。据我推测,它们三颗星其实是大的太一星分裂之后的产物。"於陵葵说,"这样说也不是很确切，让我想想应该怎样表达才好……"

"根据小葵给出的材料，好像只能讲到这一步了。大的太一星与太一三星的关系，似乎还是搞不清楚呢。"

"好吧，那么让我补充一则材料。儒家的礼书中曾讲到，'夫礼必本于大一，分而为天地，转而为阴阳，变而为四时，列而为鬼神，其降曰命，其官于天也'。这里的'大一'即太一，这里说到的'太一'这个概念，似乎不仅仅是天神。所谓'其官于天也'是说它支配着天，那么它应当是比天更高一级的。

"《老子》所谓'天法道'，那么这个'太一'，莫非就是'道'的意思？我认为可以这样理解。根据'分而为天地'这句可以知道，天地是由'太一'分裂而来的，所以太一应该是一种天地未剖的混沌状态。这一完整而混沌的'太一'分裂之后，产生了天与地，再剩下的一部分，就是作为神明的太一了。

"如此说来，与原初的太一对应的天体是大的太一星，也就是天极星，而产生出来的天、地、神分别对应'太一三星'中的天一、地一和太一。"[①]

坐在葵身旁的白止水为之抚掌不已，露申也对她投以敬慕的眼神。

"可是啊，於陵君，你的这些论证似乎和我的问题没什么关系的样子。"身为长辈的观无逸毫不避讳地指出了这一点。

"马上就讲到那里了。"於陵葵以少女特有的腔调说道，"不

---

① 关于"太一"与"太一三星"的关系，参考了李零先生的论文《"太一"崇拜的考古研究》、《"三一"考》（收入《中国方术续考》一书）。

过,说起来还真是可耻呢,我有点忘记了,您的问题是……"

其实我也不记得了——虽然观无逸很想这样附和一句,事实也的确如此,但是作为长者的他究竟不能这样说。露申也看出了这一点,但她也不记得当初自己的父亲究竟要请教什么。小休亦觉察了这尴尬的气氛,但以她的身份,不适合介入其中。

虽然如此,小休还是发问了。

有时明知会被责骂,小休还是想做一些出格的事情,大概是希望藉此引起主人的注意吧。

"小姐,我不是很明白……"小休拽着葵的衣袂,胆怯地问道,"小姐刚刚说的'太一'是北辰,但是之前观大人问的是'东皇太一'。一个在北,一个在东,它们真的一样吗?"

"还真是个多嘴的孩子,"葵转过身,捏了捏小休的脸颊,戏谑道,"不过好奇心旺盛这点倒是和我很像嘛。如此说来,也不枉我从《诗经》里为你选了这个名字。"

"我觉得多嘴这点也和小葵很像啊。"

露申在一旁窃笑道。

"小姐才没有像我这样多嘴呢。"

结果,竟然是小休反驳了露申的话。在座的都忍不住笑了起来。小休见状,羞涩地涨红了脸、缩了缩头。

"那么,我就为自己的女仆提供一次特别服务吧。溥天之下应该再难找到我这样善解人意的主人了。"葵心里对小休的做法其实很是满意,毕竟原本不谐的气氛就此缓和了。不过嘴上还是不能让步,必须明确主仆上下之别。于是,她凑到小休耳边以最轻的声音说道："回到房间之后再慢慢教训你。"

小休默默地点了点头，其实也并不害怕。之前表现出的胆怯，只是因为羞于在众人面前讲话罢了。她心知葵时而残酷地对待自己也仅仅是为了摆出主人的架子而已。

"以下的种种解释，完全是我的猜测，恐怕也寻不到什么切实的根据。但是如果征考文献，辨察风俗，应该也只能得出这样的结论了。我认为，随着时代的推移，人对四方尊卑的看法发生了改变，因而太一居住的方位也势必要变化。其中的理由，我刚刚就已经提示过了……"

"是这样吗？"

露申仍不解，小休的眼中也闪着好奇的光。

"我刚刚不是说过吗，最早的时候，在先民的观念里，天空的君主是日、月，而众星都等同于庶民。而'天官'系统形成后，这种观念发生了变化，天极星，也就是北辰，成为了天的主宰者。其实，这是两个信仰模式，前者可以被称为'太阳崇拜'，而后者则是我们更熟悉的'星空崇拜'。"葵解释道，"如果这样理解的话，一切就很清楚了，在'太阳崇拜'的信仰体系中，日出的东方是最尊贵的。《易传》说'帝出于震'，又说'震，东方也'，也就是说帝王出于东方，这'帝'想来指的就是太阳了。所以，在崇拜太阳的楚人看来，作为最高神的'太一'理应是'东皇'。而在'星空崇拜'的信仰体系里，不随群星移动的北辰相当于帝王，因而北方就是最尊贵的了。"

"但是於陵君，"即将主持这次祭祀的观姱也忍不住开口了，

"楚人祭祀的太阳神是东君，而非东皇太一。你的这个解释和事实似乎有些抵触……"

"那么，有没有可能是这样的呢，原本楚人奉祀的主神是东君，而后东君的地位渐渐被太一取代，因而太一又被冠上了'东皇'这一名号。我总觉得，东君本就是'东皇'的意思。当初读《九歌》的时候就很不理解，为什么前面有一首《东皇太一》，后面又出现了《东君》。现在想想，或许这样解释也不错。"

"或许正像你说的这样吧，其实长期以来，东君都作为从属的神明，与东皇太一一同被祭祀，但是细读《九歌》之后，我也觉得它的地位本应更特别一些。"说着，观姱背诵了整首《东君》。

暾将出兮东方，照吾槛兮扶桑。
抚余马兮安驱，夜皎皎兮既明。
驾龙辀兮乘雷，载云旗兮委蛇。
长太息兮将上，心低徊兮顾怀。
羌声色兮娱人，观者憺兮忘归。
縆瑟兮交鼓，萧钟兮瑶簴，
鸣篪兮吹竽，思灵保兮贤姱。
翾飞兮翠曾，展诗兮会舞。
应律兮合节，灵之来兮蔽日。
青云衣兮白霓裳，举长矢兮射天狼。
操余弧兮反沦降，援北斗兮酌桂浆。
撰余辔兮高驼翔，杳冥冥兮以东行。

"比较奇怪的是'緪瑟兮交鼓，萧钟兮瑶簴，鸣篪兮吹竽'[①]这几句，因为《九歌》写到祭祀东皇太一的时候也只是说'扬枹兮拊鼓''陈竽瑟兮浩倡'而已。也就是说，按照《九歌》的记述，祭祀东皇太一时只用到了鼓、竽、瑟，而祭祀东君则用到了瑟、鼓、钟、簴、竽五种乐器。我不知道这到底暗示着什么，但是有可能在较早的时代，东君是作为主神被祀奉的。"

"不过，姑妈，"露申问道，"《九歌》的记载可靠吗？"

"我不知道，但也没有比它更可信的材料了。"观媭回答说，"楚国过去祭祀东君的方式，现在已经失传，除了《九歌》，也找不到其他记载。"

"我认为《九歌》是可靠的。"於陵葵说，"据前人的解释，《九歌》是屈原遭到放逐后，流寓沅、湘之间时写作的。当地人信巫鬼、好祭祀，祭祀时一定会伴随歌舞。屈子见这些歌词实在鄙陋，就为之重作了《九歌》。所以我想，屈原写作的根据恐怕也包括沅、湘之间的祭祀方法。儒家说'礼失求诸野'，祭祀方式也是一种礼，在国都已经失传了的祭祀方法，或许会很完整地保留在偏远的沅、湘一带也未可知呢。所以我觉得《九歌》的记载应该是可靠的，至少现在考察楚的传统祭祀不能忽视这一文献。"

"像於陵君这样的人，庶几比得上古之贤巫了吧！"观媭赞叹道，"熟悉文献记载，深习礼的根据，相比之下，我实在是个

[①] "萧"字在一些版本里作"箫"，注家多解为乐器，恐有误。据王念孙《广雅疏证》卷三的考证，此处的"萧"字应解释为动词，表示撞击的意思。

不称职的巫者。如果可以的话，我倒是希望能让露申跟随你周游郡国，向你学习祭祀的知识。"

"姑妈在说什么啊，我才……"

露申脱口而出，却没能讲下去。毕竟，就她的本心来说，其实是很想随小葵一起离开云梦的。

"我也想和露申在一起。"葵坦率地说，"可以的话，我想带她回长安。"

"小葵……"

这样的答复的确出乎露申的想象。然而，自己的父亲终究不会同意吧。

露申将视线转投观无逸。

"时候已经不早了，筵席究竟是要散的，今天就到此为止吧。继续下去，只怕反而要坏了大家的兴致呢。"观无逸起身，如是说道，脸上满是不悦的神色。"我带白先生去客舍，你们也好自为之。"

白止水识趣地站了起来。两人一起离开了主堂。

看着父亲的背影，露申失声痛哭，扑倒在小休身上，背对着葵。恐怕，她不希望让孤高的於陵葵看到自己这副样子吧。

"如果露申姐姐能陪伴小姐就好了。我究竟只是个仆人，能做的事情不过是洒扫布席而已。其实对我来说，若能让小姐幸福，多侍奉一个主人也没有关系，虽然可能会很辛苦……尽管和您接触的时间很短，但我能看得出来，和您在一起的时候小姐非常开心，就连我也……"

小休说着，泪水滴落在露申的发丝上。

"这件事情我会想办法的。你们不要哭了。如果我没记错的话，午后露申已经哭过一次了。这或许也不是坏事，《易经》说'先号咷而后笑'，哭过之后也许事情会有转机。"葵叹道，"不知道若英姐姐有没有睡，刚刚对她讲了奇怪的话，我想向她道歉。方便的话，露申请为我带路吧。"

在小休的搀扶下，露申起身，满是泪痕的脸上仍留有织物的纹路。

"小葵为什么这么心急，不能等我哭完吗？"

"小休也一起来吧。"葵无视露申的话，继续说道，"实在抱歉，我们也先告辞了。"

"你们去吧。也代我问候若英，那孩子也很可怜。"观姱说，"她大概连离开云梦泽都做不到吧。露申，长安是个不错的地方，离开这里之后，我一直过得很幸福。虽然心里放不下云梦，但我究竟不想终老在这个地方。我会想办法说服你父亲的。他虽然有些顽固，却也是个讲道理的人，不可能不为女儿的幸福做打算。"

"谢谢姑妈，不过不必了。我打算遵从父亲的意志。我这个人，没有什么长处，亦没有真正喜好的东西，除了尽孝之外，再没什么可以做的。子曰：'教民亲爱莫善于孝，教民礼顺莫善于悌，移风易俗莫善于乐，安上治民莫善于礼。'江离姐擅长音乐，若英姐精通祭礼，那么，我所能做的就只有孝悌了！这是我活在世上仅有的价值！"

听到这里，葵甩了露申一记耳光，什么都不讲，只是强拽着她离开了厅堂。

"对不起,我家主人一直都是这个样子,以后大概也改不掉了。"

小休颇为得意地对观姱说道,语毕便快步离去。

观姱只是笑着摇了摇头,她自知无法理解这一代年轻人的心思。

4

　　三名少女信步走在月光之下、露水之上。

　　和冬夏两季相比，春日的星空也显得有些寂寥。

　　草虫低语，和着三人的脚步，却终不成调子。

　　三年前的灭门事件之后，观无逸将全家搬到了更深的谷地。一家人聚居在一起，冬季就在院子里点上篝火，又令家人都学习使用弩机，以抵御有时下山捕猎的猛兽。自那以后，出山的路就只剩下一条了。

　　就是这一条路，遇上大雪或霪雨也会阻断。

　　葵不清楚观家是如何维持生计的，午后她曾问过露申，露申也不知。

　　葵推想，大概是有一些祖先留下的产业在山外，虽委托给别人经营打理，但大部分的收益仍会送到观无逸这边。至于观氏家族离群索居的缘由，露申说是因为先人追慕"古之逸民"，不愿入秦为官，就避居山林。延及子孙，其实已不再有隐居的理由，但楚国贵族的后裔在汉世究竟也是无处容身的，结果，百余年来，嫡长这一支虽不断迁居，终究只是日渐远离尘嚣罢了。旁支小宗则不断地搬离云梦。

"我听说令尊年轻的时候是个轻侠之徒，想必也曾到过许多繁华的都会吧。"於陵葵说，"而相比之下，他的女儿活了十七年，竟然连江陵都不曾去过。这多少有些过分了。尽管我喜读儒书，却也不愿看你为了'孝'这样抽象的概念牺牲自己的幸福。"

"所以才动手打我吗？"

"是啊，现在没有长辈在面前，我也可以信口胡说了。露申，我作为长女出生在於陵家，其实得到了许多旁人无法想象、不敢奢求的东西，所以失去一些普通人的幸福也不会觉得很可惜。那些在普通人家看来是奢侈品的东西，对我来说都平淡无奇。问学于大儒，向乐府的官员学习音律，与於陵家的商队一起旅行，这些事情也都是我的特权。若要冲破禁忌去追求一般人的幸福，也就意味着必须舍弃这些我一人独有的幸福。所以说，我也是经过权衡才选择了如今的生活方式。不过偷偷告诉你好了，假使有一天我对这一切都厌倦了，或许会背叛自己的家族也未可知呢。"

"小姐是认真的吗？"

走在两人身后的小休插嘴了。

"哼，我是不是认真的小休根本无权过问吧。不管我以后如何乱来，即使离经叛道、罪同枭獍，唯有你是一定要站在我这一边的，这是你身为女仆的本分。"

"但是小姐也不要忘记自己身为巫女的本分。"

"你也想挨耳光吗？"

葵一面摩拳擦掌，一面说道。其实她心里也知道小休完全是担心自己才这样说，毕竟小休也是齐地出身，似乎也相信巫女一旦打破禁忌便会遭遇不幸的传说。

"小姐，我不明白。"小休认真地说，"您的兄弟平日总把'古之忠臣孝子'挂在嘴边，二小姐也总以'古之淑女'自诩，刚刚小姐又被形容成是'古之贤巫'，也就是说，大家都有可以效法的对象。可是我呢，一直不知道该怎样做才好。我只在您的指导下读过《孝经》《论语》，里面都没有发现对我这种身份的人的记载，我也不知道其他书里面有没有讲到过。但是我总觉得，像女仆这样卑贱的身份是不可能被记载到圣贤书里面的。所以，所以……"

"所以？"

"所以请告诉我应该怎样做。如果您做了不该做的事情，我到底应该怎样做，究竟是无条件地支持您，还是应该不惧鞭笞、直言诤谏呢？"

"这就要由你自己判断了。"

"其实我也不明白，"露申说，"自己究竟应该成为一个怎样的人……"

"这种事情自己去考虑。"

"小葵,你对自己的期待是怎样的呢?"

"这样的问题我没法用语言来回答。"於陵葵严肃地说,"我会做给你看的。请你一直注视我,我一定会做给你看的。其实从你见到我的一刻开始,我的所有行动都在回答你的这个问题。露申,你懂了吗,很多事情与其诉诸空言,还不如直接付诸行动。"

"可是……"

"如果你愿意的话,我们现在就可以离开这里。从来没有人敢差遣我,只有我差遣别人的道理。但是今天,我特别允许你对我下命令,只有一次机会,而且内容仅限于'请立刻带我离开云梦泽',除此以外概不受理。如果害怕走夜路的话,待到明天一早也好。总而言之,如果你这样要求,我一定会为你做到的。"

於陵葵语气中透着果决。

"也让我尽一些绵薄之力。"小休如是附和道。

"对不起,请让我考虑一下。"

"我不会给你考虑的时间,请立刻回答我。唯有这样,才能让我知道你的本心究竟如何。"

"那么,我只好拒绝了。"露申黯然地说,"虽然我确实渴望着云梦以外的世界,但是这里也有许多无法割舍的东西,所以我还是留在这里吧。而且,如果我们这样做了,小葵的名声一定会因此蒙污。那样一来,也许你就不能实现对自己的期待了,也就不能用你的行动回答我刚刚的问题了。所以,这样就足够了,等江离姐和若英姐都离开,我会留在这里延续观家的血脉。"

"这或许是个不错的选择。至少,没有什么风险。有时候觉得活在世上实在是件麻烦的事情：年轻的时候若做了不可挽回的事情，日后会悔恨；但若不做，怕是一样会悔恨。所以怎样的选择都是有所得且有所失的。"

"对不起，我这样拒绝了你。"

"哼，前言戏之耳。"葵笑道，"我不会残忍到只给你这一次机会的。祭祀之前我都在云梦，你若回心转意，我仍会接受。不过还是尽快决定为好，我和小休也可以提早做些准备。"

"把我带走，对小葵也没有什么好处吧。像我这样一无是处的人，只会给你添麻烦。"

"那么告诉你一个秘密吧。"葵说着，将脸背向月光无法照及的一面，"其实於陵家最初是通过人口买卖起家的。所以至今於陵家的子女都背负着诱骗无知少女的责任，每年都必须完成指标才行。我听说楚人过去以四月为岁首，在於陵家，每年也是在四月进行结算的。实不相瞒，今年我的任务还没有完成，还必须再把一名像露申这样天真烂漫到近乎痴呆的女孩子骗到长安卖掉。所以，请务必和我一起回长安。"

"小休也是这样被骗到於陵家的吗？"露申故意不理葵，向小休问道。

"小姐应该是在说笑吧。从我记事开始，就一直生活在於陵家。我很庆幸遇到了小姐，虽然她对我很严厉，但是也让我学会了很多事情，见识了许多普通人终其一生都接触不到的东西。和小姐在一起，就算每天都过得提心吊胆也无所谓。"小休说道，仍是一脸认真的表情，"所以我想，被小姐卖掉或许也不错吧，露申姐姐请不要辜负小姐的厚意。"

"嗯，小休这样说我就放心了。因为，感觉你是个很诚实的孩子，不像某些人……"

露申说到这里时，三人已抵达了目的地。

若英和江离住在同一座小院落里。西面的院墙外有一口水井。

迁居的时候，这个院子是特意为若英建的。院落最外侧是一间堂屋，是两人起居的场所。穿过堂屋是一片三丈见方的小园，园中植着楚地习见的香草。一条石子小径穿过花园，通往位于院落最深处的卧室。搬到这里的时候，观荚衣已病倒了。为了照顾深爱的堂姐，若英请求让荚衣住在这里，自己与江离轮流日夜守在她身边。荚衣过世后，若英不胜悲痛，也重病了一场。从那时起，江离就迁居到这座小院里。两人每日对坐在堂屋里，若英读书，江离弄琴，遗世而独立，却也不觉寂寞。

灯火透过琐窗，将堂屋外杂草的形状一一勾勒出来。

小休代主人轻叩房门，来应门的是观江离。环视堂屋，若英不在。从对面墙上的窗望向小院深处，并没有光从里屋那边透过来。露申据此猜测若英姐已经睡了。就在这时，葵向江离说明了来意。

"真是不巧，若英喝了酒，已经睡下了。"

江离说着，招呼三人进入堂内。室内铺着质朴的蔺席。葵与露申席地而坐，小休则恭敬地坐在葵的身后。房间的正中央设有两张小巧的卷耳几，几上置有笔、砚与书册。倚着东西墙，各有一架衣桁，其上挂着这对堂姐妹平日替换的衣物。西墙的衣桁下并排摆着琴与瑟。

"不知这里施了什么香,竟是我不曾闻过的。"

"於陵君真是说笑了,我这里何曾熏香呢,只是院中花草的香气罢了。"江离笑道。

"叫我'葵'就可以了。敢问这是什么香草?我虽然喜欢楚辞,却一直没有机会认识楚地的植物。所以许多香草只识其名,摆在我面前却不认得。"

"其实这也不是楚地特有的,是芎䕲。未开花时就有香气,所以在楚辞里都是作为香草出现的。除此以外,也没有什么特别的。夏末的时候会开小白花,非常普通,毫不起眼,往往你还未注意到的时候就开败了。不过就是这样无趣的植物,若英却很喜欢,所以我和她一起在院子里种了几株。"

"对于她来说,芎䕲有什么特别的含义吗?"

"若一定要说的话,大概就是名字吧。"江离苦笑着说,"偏偏它的别称是'江离'。"

"两位的关系真是令人羡慕,我和露申日后若是也能如此就好了。"

"小葵又在乱说什么啊。"

露申终于忍不住插嘴了。

"我是说,我以后也要在院子里种满申椒,想起你的时候就砍断几根枝条……"

"够了,我和你今天才认识,江离姐和若英姐自幼就在一起了,根本没有可比性。"

"露申,轻一些,不要吵醒了若英。"江离正色道,"其实我和若英过去关系很差，几乎每天都在互相贬损、陷害，经历了许多变故之后才有了今天这样的关系。两个同龄的女孩子在一起难免会争强好胜，彼此妒恨，在任何事情面前都不肯让步。我以前在心里曾多次诅咒若英，希望她遭遇不幸。可是当惨案真的发生的时候我只觉恐怖而已，因为恐怖，才感到过去的那些灰暗的感情虽然是真实的，却也实在微不足道。当若英真的失去一切的时候，我反倒想将自己的全部都献给她。我有时会想，假若我和若英不是自幼一起长大的，而是在我们的心智都比较成熟的时候才相遇的，是不是对于两个人来说会更好一些。毕竟，几年前我不止一次对若英做了残忍的事，这些都是我终此一生都无法抹去的最痛苦的记忆。"

"可是，露申的心智真的称得上成熟吗？"

葵以手肘抵着露申的胁肋，说道。

"对别人做这种动作的小葵才是小孩子吧？"

露申转过身试图反击，却绊倒了自己，跌跌撞撞地扑在了卷耳几上。好在砚台没有被打翻，只有兔毫笔和一块木牍落在了地面上。小休连忙过去扶起露申，又躬身拾起笔与木牍，习惯性地交与了自己的主人。葵又将其递与江离。三名到访的少女都瞥见了写在木牍上的文字：

　　　　绿兮衣兮，绿衣黄里。（第一行）
　　　　心之忧矣，曷维其已。（第二行）
　　　　青青子衿，悠悠我心。（第三行）

纵我不往，子宁不嗣音。（第四行）

　　首二行笔法相同，后二行字迹一致，似乎出自两人之手。第三行"我"与"心"字之间，有涂抹的痕迹，想来是写错了一个字，发觉后又涂掉了。露申和小休不读《诗》《书》，并不知道这几句话的出典，葵自知这是不该看到的东西，也并没有讲什么。江离接过笔与木牍，将它们放回几案，又轻声地将露申责骂了一番。露申虽知道自己有错，仍觉得委屈，心里只是盘算着怎样报复葵。

　　"时候不早了，我们还是告辞吧。"葵说，"我本是为了向若英姐谢罪，而今更要向江离姐姐谢罪了。"

　　"於陵君……葵君并没有做错什么。都是我家露申不好，让你见笑了。我倒是有个提议，不知道你们愿不愿接受。我想明日若天气不错的话，叫上若英，四个人一起去溪边濯发。不知葵君有没有兴趣？"

　　江离所说的四个人自然不包括身份低微的小休。

　　"一直听说楚地的女孩子很喜欢在清晨濯发，看来传言不虚。我很有兴趣，请务必让我参加。"

　　"既然江离姐姐这样说，我也不可能拒绝啊。"

　　露申也表示赞同。

　　"不过若英早上很喜欢赖在床上不起，即使是我也未必能叫醒她。明日露申可以先带葵君去溪边，我和若英可能会稍稍晚到一些。"

"知道了。"

就这样，三人离开了堂屋，江离将她们送到门外。

"木牍的事情请帮我保密。"最后江离如是嘱托道。葵与露申自然应允了。

只是在归途，她们就已经忘却了刚刚许下的诺言。

"小葵小葵，刚刚那片木牍上写的内容有什么出处吗？"

"这个问题很容易回答，但是在此之前先告诉我一件事，"葵故作神秘地说，"你认不认识上面的字迹？前后两行分别是谁写的？"

"因为从小到大只接触过这么几个人，所以，两种字迹我都认识。嗯，前两行是展诗表兄的字，后面两行应该是江离姐自己写的。"

"原来是这样。我明白了。"

葵笑着，没有讲下去。

"现在该轮到你回答我的问题了吧，上面的话有什么出处吗？这么古奥的句子，又是韵文，应该不是他们自己能写出来的才对……"

"你还真是饱食终日，无所用心。"

"否则的话，怎么和好为人师的你做朋友呢？"

"真是拿你没办法。"葵说着，摇了摇头，"这都是《诗经》里的句子。前两行出自《邶风·绿衣》，后两行出自《郑风·子衿》。"

"那么这是什么意思呢，展诗表兄和江离姐为什么要写这几句诗呢？"

"他们之间发生了什么我怎么会知道？"葵不满地说，"我想这大概是两人之间的书信吧。前两行是钟展诗写与江离的，后两行则是江离的回信。我们在回复别人的书信时，有时会直接写在来信的后面，将来信一并送还，我想刚刚看到的木牍应该也是这个道理。至于内容，《诗》三百篇我虽然能背出全文，但现在诸家解释不能统一，我也觉得诗无达诂，所以很难告诉你这两首诗的句子究竟有什么含义。不过说到'绿衣'，倒是和小休有点关系呢。"

"有什么关系呢？"

"儒家认为黄是正色，绿则是不纯的间色，所以'绿衣'并不是高贵的人应该穿的，恰恰很适合穿在小休这种人身上。"

"小姐又拿我说笑了。"小休苦恼地说。

"不过这首诗并不是描写女仆的。因为它后面讲到了'绿衣黄裳'，黄色是高贵的颜色，不该穿在女仆身上。有一种解释是说，'绿衣黄裳'表示高贵的颜色在下，卑贱的颜色在上，是媵妾地位高于正妻的意思。我觉得这一解释也有点偏颇。我们离诗人的时代太远了，所以种种解读恐怕都不能尽信。"

"那么小葵认为这首诗到底讲的是什么呢？"

"《诗》学里有一个概念叫'起兴'，就是从看似没关系的地方讲起，引出真正要讲的话。我觉得这句诗也可以如是解读。我推测，钟展诗真正想说的，只是'心之忧矣，曷维其已'罢了。翻译成你也能听懂的话，就是'我好伤心，不知道怎样才能不让自己伤心'。"

"那么《子衿》讲的又是什么呢？"

"嗯，其实露申也不是真的关心这个问题吧。以你的心智，即使我现在解释了，明天也会忘得一干二净，不是吗？如果你真的想了解《子衿》的意思，明天去问白止水先生吧。只不过，可以推想，到了明天你绝对不会记得这句诗，也绝对不会去问他。"

被戳中了痛处的露申听到这里沉默了。她的确无法保证，到了明天自己还记得要去向白止水求教《子衿》的意思。毕竟，她是个乐天、健忘且无恒心的人。

"小姐，我们到了。"

小休适时地说，将两人一触即发的争执扼杀在萌芽状态。

观家为於陵葵和白止水各准备了一个小院，形制与江离、若英居住的类似，只不过水井在堂屋和卧室之间，使用起来更便利一些。观家的其他几座小院也都是如此。葵的行李堆放在堂屋的西半边，东半边则留供活动之用。小休将睡在堂屋里。这一晚，露申会留宿在葵的卧室。可以想见两人会聊到很晚，亦可以想见在谈话的过程中露申会一直被葵挖苦、讽刺，却毫无还击的机会。

"小休今晚也一起睡在里屋吧。"露申提议道，"和你的主人单独相处，我稍稍有点不放心呢。"

"否决。"葵没等小休用客套话拒绝露申，就干脆地说道，"小休，今晚不管露申怎样求救，你都不要过来。这是命令哦。"

"我知道了。"

面对两人戏谑的话，小休仍是一脸认真的表情。

第三章

惟天地之无穷兮,哀人生之长勤。
往者余弗及兮,来者吾不闻。

1

是时向春之末，迎夏之阳。黄鸟立在枝梢，啼声不断。露申牵着葵的右手，引她走向溪边，自己的右手里则握着精巧的沐盘。盘中放着木梳与篦，亦有用于拭干头发的布。她们此行不是为了怀沙自沉，亦不为采桑，只是赴濯发之约罢了。

《离骚》有云，"朝濯发乎洧盘"，这讲的虽是女神宓妃的生活，而楚地的习俗也可以从中窥知了。

两人穿行在峡谷间，两侧是峭壁，一路向西走去。峡谷时有曲折，但总体是东西向的，最西端是一泓溪水。这段溪流与它的上下游之间都隔着瀑布，所以无法循着水流走到山外。因而，不必担心在路上或濯发时遇到外人。

"小葵不叫小休一起跟来，真的没问题吗？你知道该怎样洗头发吗?"

露申问道。两人出门的时候,小休仍留在房间里。

"你可以教我。"

"我才不要教你呢,我又不是你的仆人。"

"那么,就拜托你帮我洗了。"

"小葵知道什么是羞耻吗?"

"当然知道。'礼,君不使无耻,不近刑人'。我觉得你不是无耻之人,才这样差遣你,你应该感到荣幸、快慰才是。"

葵强词夺理,可惜闇昧如观露申者终究不知道该怎样反驳。所以她赌气地默不作声了,却没有放开葵的手。

途中,两人路过了一间版筑结构的房屋。屋门前生着杂草。

葵向露申问起这间房的用途。露申仍生着她的气,不愿作答。葵就反复在她耳边作问,露申嫌烦,便告诉了她。

"这是存放乐器和弩机的库房。"

葵仔细打量了这间屋。它仿佛是嵌在崖壁里。屋门其有两扇,紧掩在一起,可以推想里面存放着贵重且巨大的乐器。房屋东侧与崖壁之间又有一口水井。井上设有辘轳,以便汲水。一道绳索垂入砖石垒成的井栏。井栏旁又放着一只木桶。

两人又向西走了三百余步,眼前的景色豁然开朗。两山之间夹着约十丈宽的溪流。浅滩上满是平滑的细石。岸边的坡地上生着白芷、蕙草、揭车、杜衡、菉、苹、藚茅、紫苏、萧艾、杜若,水中则生有蒲与白蘋。

对岸的山体上覆着薜荔。翠鸟盘桓于两山之间。

露申在岸边放下沐盆，将卸下的玉笄置于其中。葵也散开长发，以之覆盖颜面，来到露申面前。露申先是一惊，又发觉此时对方遮蔽了视线，实在是偷袭的好时机，就推算着位置，在葵的额头上猛敲一记。

"喂，你是小孩子吗？"

"你才是小孩子吧……"露申反诘道，"做这种无聊的事来吓唬人。"

"我不是要吓唬你哦，"葵说着，将长发理好，"我只是在想，'朱明承夜兮时不可淹'，但有些时候，我们会希望良夜永不结束，清晨永不到来。因为和心爱的人一起共度的夜晚总是太短暂了，所以《诗经》里才会有'女曰鸡鸣，士曰昧旦'这样的句子。如果是我的话，为了抹杀白昼已到来的事实，可能会不惜扑杀世上所有的公鸡，藉此让夜晚一直延续下去……"

"这和你刚才做的事情有关系吗？"

"有关系的。我刚刚在思考，除此以外有没有其他方法能延续夜晚。于是我想到了，只要将头发散开，披在面前遮住眼睛，长夜也就不会结束。"

"完全不明白你在说什么……"

"露申试一下就懂了。"说着，葵将露申的长发散到面前，遮住了她的眼睛。"这样，我们就可以永远在一起了！"

于是露申被推入水中。

她挣扎着起身，嘴里不断涌出不适合少女的言辞。葵早已远远避开，装作没听到露申的话，犹自摆弄着发梢。露申自知斗不过葵，不甘心却又无可奈何，心里想着要先将濡湿了的衣服晾起来，再做打算。

附近有棵辛夷木，最低的树枝恰好适合晾晒衣服。她拖着因浸了水而变得沉重的襜褕，走到辛夷木下。今年的花已开败了，枝头满是绿叶。露申褪下外衣，将它拧干并挂到树枝上。

葵问她是否需要帮忙，露申也不作答。

最后，露申身上只剩下最低限度的贴身亵衣。

事已至此，已经不能仅仅濯发了——露申这样想着，来到水边，将亵衣脱下，摊在一块大石头上，又脱下木屐，一步步走入溪水里。葵见状，踱到石边，欣赏着露申的身体，心里则在盘算如何将露申的亵衣偷偷拿走。

正在这时，峡谷那边传来了谈笑声。旋即，观江离与钟会舞出现在谷口。

露申也觉察了，此时水刚刚没过她的膝。因羞耻难耐，她遽然跃入水中，让溪水浸没全身，只把头露在外面呼吸。

"露申她怎么了？"

江离关切地向葵问道。

"事情是这样的，来到这里之后，露申回想起自己短暂的一生之中种种可耻的事情，顿觉无地自容，遂有了轻生的念头，问我要不要和她一起死。我还年轻，壮志未酬，就拒绝了她。结果，露申说她'安能以身之察察受物之汶汶者乎'，'知死不可让'，就脱光了衣服，跳到水里想把自己淹死……"

"露申，是这样的吗？"

江离问道。她的话音还未落,葵用两根手指夹起了露申的亵衣,又以两手各执一端,摆出要撕裂它的样子,试图以此威胁露申,让她承认自己是出于求死的目的才跳到水里的。

"才不是这样呢。是小葵她……"

坼、坼、坼——於陵葵手里的衣物应声而裂。

"於——陵——葵——"

露申终于忍无可忍了。她顶着水流的阻力,大步迈向岸边。继而不顾羞耻心与将尽的春寒,冲到了岸上,将粉拳朝着葵精巧的鼻子挥去,却被姐姐江离拦了下来。

"露申,不得无礼!"

妹妹的头上就这样挨了姐姐一记巴掌。这场面把一直站在葵身后的钟会舞吓到了,她连退了数步,心里嘀咕着"是不是看到了什么不该看的东西"。

"为什么连江离姐也不站在我这边!"露申哭喊道,表情很是狰狞,额头上的掌印也因而蜷成一个红团,"这样的话,这样的话,我只好死给你们看了!"

说着,她抱起水边的一块大小适中的石头,快步奔入溪流,连同她的头也一起浸没在水里。不过岸上的三人都没有下水救她的意思。又过了一会儿,水面上涌起了气泡。看到这里,葵褪下了身上襌衣,拿在手里。

其实露申入水之后不慎放开了手,石头已经沉到了水底。结果,终于无法忍受水下世界的露申,还是将头浮出了水面。

于是,葵将襌衣重新穿好,走到江离面前,微微低下头。

"江离姐,我好像做得太过分了。我已经在反省了,所以请你像对待露申那样……"

"小葵这张嘴,早晚要惹祸的。"

江离说着,用手指拉扯於陵葵的脸颊。葵也一反常态,顺从地任对方欺侮。

"露申,我已经教训过小葵了,你也不要再任性了,赶快上来!"

"可是,我的衣服……"

想到自己的亵衣已被葵撕裂,露申刚刚平息的怒火重燃起来。

"露申的衣服还没有晾干,让她再在水里泡一会儿吧。我去看看她的衣服。"

葵解释道,迈开步子走向那棵辛夷木。

"小葵该不会是想把我的外衣也撕破吧?"

"好像还要等一等。"葵摸了摸露申晾在树枝上的衣物说道,"说起来,若英姐姐怎么没来?"

"早上好不容易才叫醒若英,她也同意和我一起到溪边濯发,但还没走到谷口的时候遇到了展诗和会舞。若英突然说有事要问展诗哥,所以我就把会舞带过来了。若英说会在那里等我回去,他们现在也许还在峡谷的另一端。"

"虽然见不到若英姐姐有点寂寞,不过遇到钟家妹子也算是意外收获了。"葵兴奋地走向钟会舞,无视对方的意志握住了她的两手,"我很喜欢你的歌声。你还这么年轻,就能演唱《青阳》

这样复杂的曲子，实在令人叹服。"

"哪有……我很普通的……和哥哥根本没法比……这首江离姐也会唱……"钟会舞是个怕生的孩子，只有在唱歌的时候才会变得勇敢。"不过於陵君……为什么会知道那首歌的名字？"

"是啊，为什么呢？"葵知趣地放开钟会舞的手，继续说道，"在长安的时候有幸听过而已。或者说，碰巧和已故的协律都尉李延年大人有过几面之缘。而且这首歌的词在长安流传很广，是司马相如的遗作。我一直很喜欢司马相如的辞赋，搜集了他大部分的作品，仅仅通过歌词也可以判断出它就是《青阳》。"

最初，国家的最高规模祭祀并不使用乐舞。元鼎六年时，今上认为民间祭祀都有乐舞，而国家的最高祭祀反倒没有，实在不合情理，就封刚刚因为擅长音律而得宠的李延年为协律都尉，命他制作郊祀用乐。那时司马相如已去世，但他生前写过一些《郊祀歌》词，都被李延年采用了。今上仍嫌不够，就又令十数个御用文人补写了一些，最终凑成了现在的十九首《郊祀歌》。昨晚钟会舞在筵席上演唱的《青阳》就是其中一首。

"唉，"观江离叹道，"小葵有什么不擅长的东西吗？总觉得你这种人的存在本身，就是对我等平庸之人的威胁与嘲弄呢。"

"不擅长的事情也是有的。"葵黯然地说，"这样说有些丢人，但是事实如此——我最不擅长的事情，大概就是'人情'吧。"

"'中国之君子，明乎知礼义而陋于知人心'，说的就是小葵这样的人吧。"江离引用温伯雪子的名言，直指於陵葵的痛处，"不过这世上尚有许多闇于知礼仪也陋于知人心的人，所以小葵也不必在意。等你年纪稍长一些，很多事情自然就会明白了。"

"但愿如此吧。我这个人，其实每天都过得不太有现实感。可能是因为不必为生计发愁，所以很少注意眼前的东西，而只想着如何与古人神交。"

"今人自有其价值，是古人无法替代的。这一点请小葵务必记住。"江离正色道，"我和若英虽然在很长一段时间里关系不睦，但长久以来两个人都有一个共同的信念，那就是我们生活在一个令人振奋也使人绝望的时代。五十年来世事的激变，较此前的数百年还要剧烈。我们有幸且不幸地生活在这个时代，断不能什么都不做就死掉。"

"现在男人都未必做得成什么事业，何况我们女子。我虽然遍读群经，博览诸子，终究只是读书自娱罢了，实在没想过要用所学的东西做些什么。"

"总会有办法的，芰衣姐过世之后，我和若英一直在探究一个问题，那就是——如何回避平庸的人生。"

"这样的事真的做得到吗？"

葵怅惘地问，她心里是知道答案的。

"做不到，毋宁死。"

江离笑道，语气中却无笑意。

"请务必将你们的志愿贯彻到底。这样的话，即使我自己做不到，也没有勇气去做，只要知道有与我同龄且同为女子的人在追求这般宏大而渺远的东西，我也就可以忍受平庸的自己与旁人而继续活下去了。"

"小葵又不是平庸的人,你只是还没找到自己要走的路罢了。"

露申在水中听着她们的对话,心情越发沉重。

她想起了小葵昨晚对自己说的话,"很多事情与其诉诸空言,还不如直接付诸行动"。恐怕,葵对自己亦期待甚高,只是一时没有找到毕生的志业。像她这样勤勉而聪慧的人,怎样的事都可以做到吧。相比之下自己果然一无是处,每次和葵接触都只会加深自卑与自我厌恶。

"我要回去了。"

露申在水中起身,两臂交叉挡在胸前。她走到岸边,踏上木屐,用放在沐盆里的布擦拭身体,又将被撕裂的亵衣叠好放入沐盆,小心地将布盖在上面,再到辛夷木下,推开葵,取走未干的襜褕,穿好,最后转身回到水边,拾起沐盆,向谷口走去。

江离没有阻拦她,却对葵使了个眼色。葵会意,微微颔首,也走向谷口。

"会舞,我们濯发吧。"江离适时地把望着两人背影的钟会舞拖到水边。

另一方面,赌气离开的露申注意到葵跟在自己身后,更觉郁结,就加快了脚步。但葵的体力究竟更胜一筹,很快就赶上了。

"不要跟着我!"

露申将这句话重复了几遍,葵都未理会。

结果,露申的烦闷再度累积成愤怒,她褰起衣裾,迈开步子跑了起来。葵本来穿得就轻便,且两手空空,追上露申自然毫不费力气。两名少女保持着各自的沉默,自西而东,向着正在上升的一轮白日跑去。

将要经过存放乐器的那间仓库时，露申已体力不支，步子慢了下来，呼气也浑浊了许多。况且此时的她未着亵衣，忍着羞耻感与不适，又要注意不让沐盆里的梳、篦落到外面，不知不觉间，葵已跑到了她前面。

既然如此……

露申停下了脚步。

既然如此，让她自己跑远吧，我只想与坏心眼的小葵拉开距离罢了——露申这样想着，就看到前方的葵也停下了脚步，继而听到了她的惊叫声。

"露申——露申——"

葵连呼着伙伴的名字。露申还未见过小葵如此失态。

"那里——那里——"

葵伸手指着前方的草丛，藉此告诉终于来到她身边的露申自己为何如此惊恐。

露申看到了血迹。

鲜血洒在仓库门前的草地上。新生的嫩草沾染了点点猩红。

两人又将视线转向那间坐北朝南的仓库——那两扇紧闭着的门。葵小心地绕过那摊血迹，屏着呼吸，推开一扇房门。门颤颤巍巍地向黑暗中退去。日光因而射入房内，先是将葵的影子投在地面，继而也照在了死者的身上。

葵看清了在黑暗中的死者，那是在昨夜的筵席上还载笑载言的观姱。

2

借着由房门投入室内的光,葵查看了观姱的尸体。

尸体平躺着,脸部有一半隐藏在房间深处的阴影里,两脚距离房门则不过二尺。一道刀伤横在其颈部,割得很深,应该是致命伤。鲜血染红了她的白色衣襟。地面上并没有多少血迹,恐怕杀人现场并不在室内,而是在门外的草丛那边。

啊——立在葵身后的露申惊叫了一声,连退数步。

"去叫你的父亲过来。"

"但他昨天说,今早要和白先生一起入山……"

"你若能找到他的话,请务必叫他过来。或者,先让你的堂兄来帮忙吧,如果他还在谷口的话。这件事还是尽快让你的父亲知道为好。"

露申应允，转身向谷口跑去。

葵也走到门外，她不愿独自面对死者。正在这时，有脚步声从溪水那边传来，那是听到露申的惊叫声而赶来的观江离与钟会舞。

待两人来到房门前，葵说道："江离姐和我进来一下，会舞妹妹还是留在外面吧。"

"到底发生了什么？"

会舞问道。

"你的母亲可能遭遇了不测。"

葵竭力用镇静的语气说出了这句话。

"怎么会……"

"算了，你们一起进来吧。"

就这样，江离与会舞跟在葵身后，走进仓库。

"妈妈……为什么……"

钟会舞跌坐在地，失神地哭号着。

旋即，门外传来了新的足音，葵窥向门外，见到钟展诗和观若英自谷口跑来。展诗冲入仓库，抱住无法承受悲痛的妹妹，视线则集中在已故的母亲身上。若英却没有进入房门，甚至没有穿过那片血染的草地，而是立在距离房门三四丈远、临近对面山体的地方。恐怕她也自知无法承受这样的场面。

"为什么让会舞也进来？"

展诗问道，显然是在谴责与会舞同在屋里的江离与葵。

"是我的错，对不起，我有些混乱……"

葵主动承担了罪责。

"她还是个孩子!"

展诗没有说下去,因为他知道再讲下去自己也一定会哭出来。但现在不是哭泣的场合。

"结果,露申自己入山去找家主了吗?"

葵问道,她担心着露申的安危。

"她只是告诉我母亲遭遇不测,让我务必到这里来,然后就跑开了。"

果然露申考虑的方案比较周全,自己刚刚的提议则全然没有考虑钟展诗的感受——葵在心里如是自责着。

在他们对话的时候,太阳稍稍自东向南移了一些,室内的光影也随之移动。于是,一把染血的书刀出现在阳光下。时人若不慎在竹简上写错了字,往往会以长不盈尺的书刀将误处削去,再重新书写,因此它常见于读书人与文吏的囊中、案头,甚至有人会随身携带。见到凶器的瞬间,葵就已确定这会是一桩棘手的案件。因为当时官府在追缉凶犯的时候,总是会由凶器入手。若凶器留在现场,往往很快就能捉拿真凶。毕竟,即使在汉王朝全盛的时候,农具以外的金属制品在民间仍是不常见的。

但书刀……

就算是旅行中的自己,行李中也装有数把,定居于此阅诗敦礼的观家就更不必说了。

书刀旁又有一盏行灯,应该是观娉带来的。

因阳光射入角度的变化而映入众人眼中的,并非只有书刀和行灯，还有一架编钟。那是自战国时代流传下来的旧物，曾由楚王赐与观氏的先祖。两排钟悬在木质的筍上，上下各十二，总计二十四只。上排为小号的钮钟，素无纹饰。下排则是稍大且长的甬钟，错金，饰以凤纹，其上又有三排凸起的枚，枚长约一寸。筍经过髹漆，又绘以彩色纹样，架在左右两支铜虡之间。虡身高约六尺，亦错金，饰以夔纹，安在铜基座上。基座上刻着蟠龙与不知其名的花瓣。

编钟后面又放有一些杂物，数把弩机和若干支箭，但并没有可供人藏身的地方。

正在这时，门外传来了若英的声音——

"……於陵君在里面。"

葵走到房门前，只见小休站在若英身边，就迈步走向那里。

"……姑妈她？"

若英见葵走来，问道。葵只是黯然地摇了摇头。

"小姐，请节哀。"

"这话还是和若英姐姐讲吧。"葵停顿了一下，继续说道，"不过，小休为什么会在这里？"

"小姐去了很久，我有些担心，怕您有什么要吩咐的……"

"小休过来的时候，有没有看到什么人往反方向走去？"

"反方向是指？"

"从西往东，也就是从这边往你过来的地方走。"

"并没有见到什么人。"

"那么若英姐姐呢，你和钟展诗之前一直站在谷口吧？"

"是啊，和江离分开之后我们就一直在那里。"

"那段时间里一直没有见人经过吗？"

"没有。后来露申跑了过来，她说姑妈遭遇不测，我就和展诗哥奔向这边，一路上也没有见到旁人。"

这样的话就奇怪了——葵在心底寻不到解释。

"那么，站在这里的时候呢？"

葵指着若英脚下的位置问道。

"也没有见过谁。"若英说，"只有小休朝这边走过来而已，离开的人就不曾看到了。刚刚我听到身后有脚步声，转身去看，就见到了小休。她问我於陵君在哪里，我告诉了她，於陵君就出现在门口了。"

可是，这样的话就奇怪了——凶手究竟是什么时候离开的？

葵的思考陷入了僵局。

莫非，凶手根本就没有离开？这样想着，葵绕到仓库的西侧。结果，她发觉仓库紧傍山体而建，背面根本容不下一人通过或藏身。并且，仓库西侧也没有什么可以作为掩体的树或巨石。紧接着，她来到仓库东侧，那里有一口井，井栏背后恰好可供一人藏身。但是此刻，那里空空如也。

就这样，葵回到若英和小休那里，就见到露申与观无逸自东疾奔而来。观无逸绕开血迹，步入仓库，命江离把钟会舞送到门外，又令钟展诗帮助自己将观骑的尸体搬到观家的主屋那边去。

"於陵君，露申说你一直和她在一起，我知道你是没有嫌疑的。对不起让你卷入这样的事件。实不相瞒，我年轻的时候为友人报仇，曾手刃数人，若将此事报官，只怕旧案被重新提起，所以我希望能在不惊动官府的情况下找出真凶，我也会以自己的方式为姱儿报仇。昨晚我见识到了你的机辩，所以希望拜托你调查这件事。露申，沐浴饭含一类的事情你想必做不来，就留在这里协助於陵君吧。"

观无逸果决地说，葵也表示应允。

于是，观无逸与钟展诗小心地抬走了观姱的尸体。江离搀着钟会舞，紧随其后。若英则与之拉开一些距离，也往观家的主屋走去。葵仍留在刚刚若英站的位置，露申和小休则陪在她身边。

"露申，你做得很好。"

"姑妈对我这么好，我却只能为她做这么一点微不足道的事。"

"已经足够了。"葵说，"比我想象得要快很多。"

"因为父亲和白先生那时已经从山里回来了。"

"那么，当时其他的人在做什么呢，比如你的母亲，以及你家里的仆人？"

"她们都在主屋那边，整个清晨都不曾离开过。毕竟早上总有许多要做的杂事。"

"我明白了。下面，我们一起找出凶手，藉此告慰钟夫人的魂灵吧。"葵冷静地说，"我相信这起事件一定是人为的，钟夫人绝非自杀。因为如果她是在门外的草丛处自刭的话，恐怕是无法走到仓库内的。一般而言，人在受了重伤的情况下仍可以爬动，但那样一来，一定会在地面留下一行血迹，且尸体最后一定呈趴伏在地的状态。而钟夫人被发现时平躺在地上，说明一定是有人在凶案发生后将她拖动到那里。"

"这一点我赞同。"露申说，"可是，为什么凶器会出现在仓库里？凶手若要搬动尸体，应该会丢下凶器才对。"

"在此之前还有一个问题，为什么凶手要将钟夫人的尸体搬入仓库？"

"或许是为了延缓尸体被发现的时间？"

"那么，"小葵打断露申继续问道，"若要延缓发现时间，为什么没有将门外的血迹清理干净呢？你看，仓库旁边就有水井，如果凶手有心清除血迹，直接用汲水倒入木桶里，再用木桶里的水冲洗草地即可，为什么凶手没有那样做呢？"

"恐怕是因为来不及吧，或许是听到了什么动静，觉察到有人过来。"

"下一个问题，钟夫人和凶手是什么时候来到这里的？"

"应该是在我们第一次经过这里之后吧。"

"我想也是，而且应该是在江离她们过来之前。因为如果在那之后的话，当时站在谷口的若英和钟展诗一定会看到。我问过若英了，她并没见到有谁经过。"

"可是，这样的话，"露申不解地问，"江离姐她们过来的时候为什么没有看到姑妈？"

"仓库里不是有一盏行灯吗，我想那是钟夫人带来的，恐怕她身上还带着打火石。在江离她们经过仓库的时候，她应该正在里面寻找或观察着什么吧。"

"也就是说，和凶手一起？"

"或许吧,当时凶手也有可能躲在仓库旁的井栏后面,两种可能性都是存在的。"葵解释道,但旋即露出困惑的表情,"那么最后一个问题,也是我一直没有想通的地方,凶手是什么时候离开的?"

"等一等,小葵,你说得太快,一下子跳了许多步,我的思维有些跟不上了。你为什么会对这个问题感到困惑呢?"

"露申不觉得奇怪吗?"葵锁着眉头说道,"因为,就我们所知道的信息进行推理的话,凶手根本就没有机会离开。好吧,让我从头开始梳理今天早上发生在这里的事情——

"首先是我和露申,我们两个人最先经过这里。那时门前还没有血迹。在我们之后,钟夫人和凶手来到这边。钟夫人进入仓库,凶手与她一同进入或是藏在井栏后面。又过了一段时间,江离姐姐和会舞妹妹也自此走过,既然若无其事地来到了溪畔,说明她们也没有见到血迹。继而,我与你返回,看到了血迹。由此可以推知,案件一定发生在江离她们经过之后、你我折返到这里之前。这段时间的确足够作案了。

"但是,四下环顾便可以发现,这段峡谷的山体陡峭且罕有植被覆盖,平常人难以攀越。换言之,凶手若要离开杀人现场,只有两条路可以走。一是往西,到溪水那边去。可那是一条死路,而且如果凶手向那边走,势必会撞见我们。二是往东,向观家聚居地的方向走,但当时若英姐姐和钟展诗站在谷口,而且他们后来跑向了这边,如果凶手朝那边去,应该会撞见他们。

"结果,我们所有人都没有遇到凶手。所以,我才会觉得这个问题殊不可解——凶手是什么时候离开的？"

"也许凶手还躲在这附近？"

"这是不可能的。屋里没有可以藏身的地方，屋外也只有那口井后面可供人隐藏而已。但是在你和你父亲回到这里之前，我刚刚调查过那边，没有人藏在那里。"

"那么井里呢？"

"井……里？"

"嗯，凶手杀人之后，自知无法脱逃，就跳进井里一死了之。"

"这么消极的想法，还真是露申的风格啊。"葵叹道，"那么我问你，外人很难抵达这里对吧？"

"是啊，母亲和家仆都在主屋那边，想不惊动她们到这里来，应该是很困难的。"

"那么，请问，你周围的人有谁不见了吗？"

"我不明白你的问题……"

"既然外人很难来到这里，基本可以确定凶手是你我都认识的、昨晚就在这里的人。按照你的假说，那个人在行凶之后跳井自杀了的话，应该有一个我们身边的人不见了才对，不是吗？但是你刚刚确认了你的母亲、观家的仆人和白先生都在观家主屋那边，并没有失踪，而剩下的人，在案发之后都在这里出现过。既然没有人失踪，就可以推知凶手并没有跳井，你的假说是不成立的。"

葵冷静地驳斥了露申的说法。

"的确，你说得有道理。"露申说着，面色越发灰暗，毕竟，这起事件十有八九是她家族内部的自相残杀。她的视线在仓库两侧游走，最终停在那口水井。"说起来，小葵究竟是什么时候调查了那口井呢？是在展诗哥他们过来之后吗？"

"是啊。"

"那样的话，会不会是这样呢——凶手原本躲在井栏后面，在展诗哥他们进入房间之后，从那里出来，向东逃走，又赶在我和父亲抵达谷口之前离开这片谷地？"

"等一下，你好像忽略了一个很重要的问题。"葵毫不留情地指出，"那个时候在峡谷外的每个人都没有单独作案的可能性。你的母亲和观家的仆人在一起，除非她们本就是串通好的，否则都不可能杀害钟夫人。而你的父亲和白先生入山了，你过去的时候才刚刚回到主屋那边，之前并没有到峡谷这边来。换言之，即使你的假设可以成立，也很难找到嫌疑人。"

"其实，嫌疑人的话，还是有的吧？"

露申这样说着，两个人默契地将视线转向小休。

"咦？小姐和露申姐姐为什么这样看着我……难道在怀疑我吗？"

小休不安且困惑地说。

"若论嫌疑人的话，真的就只有小休了。"露申说道，"假设你当时躲在井栏后面，在若英她们进入仓库之后，就从躲藏的地方出来，堂而皇之地出现在众人面前。嗯，只有小休才可以做到。话虽如此，你好像全然没有杀害姑妈的动机。"

"露申，你好像误会了一件事。因为刚才你不在这里，所以不知道，我也一直忘了告诉你。其实，刚刚若英姐姐从未进入主屋，而是一直站在这里。"葵说着，指了指自己的脚下，"你可以试一下，往北——也就是仓库的方向——望去。"

"我本来就在往那边看啊……"

一瞬间，露申明白了葵的意思。在刚才若英站的位置，可以完整地看到那口井。若有人自井栏后面出来，一定会被若英看见。

"她说先听到了小休的脚步声，再看到人，由此可知小休不是从井栏后面出现的。这样一来，小休的嫌疑也被洗清了。也就是说，现在的情况变得越发棘手，凶手如何离开、何时离开都不是最主要的问题了，实际上，我们的推理可能已经走上了绝路，因为——"

葵又叹了一口气，继续说了下去。

"在这起事件中，凶手在众人的监视下消失了。并且，有嫌疑的人案发时都与别人在一起，并没有单独作案的机会。"

"那么，要开始考虑两人乃至数人串通作案的可能性了吗？"

"现在我们不宜再推理下去了。"葵打断露申，不甘心地说，"因为一旦开始谈论串通作案的可能性，就要面对许多种组合，一时很难穷举。在这种时候，还是等待新的证据出现吧。为了尽快得出真相，我们不妨分开行动。刚刚我没能仔细调查仓库内部，可能忽视了一些证据，所以打算留在这里重新勘查现场，小休也留下来帮忙吧。"

"小姐不怀疑我吗？"

"除非和若英串通，否则你绝无作案的可能性。但是我很难想象你和若英有什么共同利益,也想不出你杀害钟夫人的理由,所以不会怀疑你的。"

"这样吗……"

小休露出失望的表情。毕竟,主人没将自己归入凶嫌之列,并非出自信任,而只是冷静推理之后得出的结论而已。露申在心底对小休表示同情,却全然不记得最先怀疑小休的明明就是她自己。

"露申,可以的话,我想拜托你向家里人询问一下有关钟夫人的事情,包括今早有没有人见到她、有没有人知道她为什么要去那间仓库、在她的身上又发现了什么,总而言之,这些问题由你来问会比较得体,所以就拜托了。"

"我会尽力的。"

"调查结束之后,我们还在这里会合吧。抱歉要让你多跑不少路。"紧接着,葵说出了那句她断不该讲的话,"当然,在此之前你还是找一件亵衣穿上吧。"

3

"小休,请你认真地告诉我,我是不是说错了什么?"

葵捂着被露申打肿的右颊,如是问道。

"因为不知道您和露申姐姐之间发生过什么,所以我也不好判断。但是,露申姐姐的姑妈刚刚过世,您就把话题引向那种奇怪的方向,确实有些不妥。"

小休按照葵的要求,一板一眼地回答道。

"算了,还是调查要紧。"

说着,葵走向仓库,小休则跟随在后面。

此时射进屋里的阳光已足够强烈,照彻隅隙,葵的调查因此得以很方便地展开。她先是重新察看了那架编钟。横筍与钟体都积着厚厚一层灰尘。恐怕四年前观无逸将家族迁至此地之后,这组钟就再未使用过。这也不值得怪讶，毕竟在这个时代，钟这种乐器已经无可挽回地衰落了，罕有用到它的乐舞。

葵绕到钟的后面，走向那些刚刚未能近距离观察的弩机与箭。它们或许与命案无关，但葵仍将之视为杀人现场的一部分而不愿轻易放过。

数十年之前，时任丞相的公孙弘曾提议禁止民间蓄藏弓弩，认为若十个贼人持弩抵抗，即使一百个官吏去追捕，也未必敢上前缉拿。若民间无弓弩，贼人只能持短兵器顽抗，那样一来只要官吏人数多，就一定能将之擒拿归案。而时任光禄大夫侍中的吾丘寿王对此予以反驳。吾丘寿王认为，兵器的用处是"禁暴讨邪，安居则以制猛兽而备非常，有事则以设守卫而施行陈"。而且，根据古礼，男孩出生之后就要让人代表他用桑木弓和蓬草茎做的六支箭射向天地四方，表明他志业之所在。总结说来，若禁止百姓持有弓弩，一来将使他们在凶险面前无以防备，二来势必要废除先王制定的古礼，因此绝对不可以实施这样的政策。这是葵出生以前的事，但这段争论流传颇广，她在习射时听人讲起，对此深以为然。昨日在旷野上反驳露申时，其实也暗用了吾丘寿王的观点。

弩机计有七把。葵拾起其中一把，仔细打量着。

这些弩机都装在铜郭内，最上端是被称为望山的部件，主要用于瞄准。望山两侧是一对弩牙，其下则是悬刀。悬刀与弩牙之间用钩心连接。钩心隐藏在铜郭内部，从外面不能窥见。四个部件上都有孔，以键嵌入孔里，使之合为一体。使用时，先用弩牙叩住弦,再将箭放在弩臂上,扣动悬刀,露在外面的弩牙就会缩进铜郭里,紧绷着的弦因而收归原位,箭也会应声射出。

在葵看来,整个过程毫无技术性可言。对于膂力不足的人来说,以弩射箭并无难度,比较困难的反而是拉动弦再将它扣在弩牙上的过程,因为弩上使用的弦较弓弦更紧,也更难拉动。不过,弩机在设计时就考虑到了这个问题——在装弦时,只要将弩置于地上,踩住弩臂前端张开的翼,手执弩臂末端,就可以运用全身的力量拉动弩弦,这一动作被称为"蹶张"。

葵虽然心知弩的工作原理与使用方法,却因为厌恶而从未真正使用过。她命小休拾起一支箭,自己则照前文提到的方法,手脚并用,将弦扣在弩牙上,又从小休手里将箭一把夺过来,在弩臂上架好,继而瞄准墙壁上的某一点,扣动悬刀。箭射出之后没入墙壁里。

"这样的威力,完全可以射杀百步以内的敌手。"

葵自言自语着。

"小姐,请问您刚刚做的事情与案件调查有关吗?"

小休不合时宜地问道。

"什么时候学会讽刺主人了,"葵将手里未上弦的弩机对准小休,"总这样多嘴,当心被我射杀哦。"

"小姐不会做这么乱来的事情。不过,现在还是好好调查现场吧。否则过一会儿可能又会被露申姐姐打。"

"好了,我知道了。不过你看,这里其实也没什么好调查的。"葵说,"在你过来之前,我一直留在现场,该看的都看到了。我只是想在这里冷静地整理一下思路而已。所以,你不要和我讲话了。"

小休无奈,唯有深深颔首而已。

葵又摆弄起手里的弩机。

临近正午的时候,露申返回仓库,并招呼葵去正屋那边用餐。在那之前,葵一直没有用心调查,弩机之后,她又在编钟上面花了不少时间。小休心知她在做的事与调查全无关系,却碍于命令,不能言语。

"露申的调查有什么进展吗?"

"小葵的调查有什么进展吗?"

露申反问道。她一进门就看到於陵葵在摆弄编钟,又见到射入墙壁的箭,心里很是不满,结果提问的主动权又被葵抢去,因而更觉愤懑。

"我想请教一下,这里原本储藏了几把弩机?"

葵有意岔开话题。

"七把。还有另外七把存放在主屋后面的仓库里。"

"原来那里还有一间仓库,午饭之后带我去那里看看吧。还有钟夫人这几日住的房间,也有必要调查一下。"

"我会和父亲他们商量的。"露申顿了一下,继续说道,"那么请小葵回答我刚刚那个问题,你的调查有什么进展吗?"

"有一个发现。"葵说。露申则露出狐疑的表情。

"说来听听。"

"钟夫人没有碰过弩机和箭,但是,编钟上留有她碰触过的痕迹。"

"这就是你的发现了？"露申不屑地说，"我问过父亲了。昨日午后姑妈向他问起过编钟的事情。姑妈不知道搬家之后钟被陈放在哪里，所以才问。父亲也如实告诉了她。据此基本可以确定，姑妈早上到仓库来是为了察看这架编钟。不过，姑妈早上出门时，表哥和表妹还在房间里，他们两个后来一起散步到谷口，遇到了江离姐和若英姐。"

"你还探听到了什么消息呢？"

"还有就是，在姑妈身上确实发现了打火用的燧石，而且仍留有刚刚使用过的痕迹。我又向展诗哥询问了那盏行灯的来历。他说姑妈房里的多枝灯上面的行灯确实少了一盏。而且据他说，仍留在房间里的六盏行灯，样式和仓库里发现的那盏相同。"

"就这些了？"

"就这些了。"

"已经足够了。"葵说，"午后带我去调查一下另一间仓库和钟夫人的房间吧，不知道能否发现新的线索。到目前为止，我们对杀人凶手、作案手法以及行凶动机都茫无头绪，甚至连站得住脚的假说都提不出。不管怎么说，此次事件都过于蹊跷了。"

"难道又会像四年前发生在伯父家的惨剧一样变成一桩悬案……"

"但愿不会。"

午后，两人来到主屋后面的仓库。

因为怕自己的行动遭到"妨碍"，葵命小休去帮观家准备丧事。

与两人上午进入的仓库不同,这一间的屋顶较一般的房屋高出许多,房梁离地面约有两丈。在北面墙上靠近屋顶的地方开了一扇圆形小窗,直径只有四寸左右。存放在这间仓库的主要是祭祀和日常生活中可能用到的金属器皿与玉器,此外又有少量乐器、几把装在鞘里的尺刀、七把弩以及若干支箭矢。

器皿有鼎、甗、敦、簋、簠、尊、壶、盉、盘、匜,都是战国时的样式,其中一些葵在昨日的宴会上见过,多数则是初见。玉器则有圭、璧、璋、琮、琥、璜,其中仅圭这一类就有不下十种,形制颜色各异,有些连自负博闻强记、深谙礼学的於陵葵也叫不出名字。

"这些名物的名称和用法你都晓得?"

"怎么会晓得。"露申不以为意地说,"其中的学问,即使是我父亲也不能通晓呢。这方面的问题去问若英姐比较好。这些名物原本藏在伯父家,她应该从小接触它们,又从伯父那里听闻了不少这方面的知识。若不是因为她的精神状况一直不佳,今年的祭祀本应交给她来主持才对。"

"祭祀的准备工作已经中止了吗?"

"是啊,毕竟发生了这样的事。伯父家出事那年也没有举行祭祀。"

"那边的鼓,每次祭祀时都会用到吗?"

葵将手指向仓库一隅,如是问道。那里放着一架建鼓。礼书上说:"夏后氏之鼓足,殷楹鼓,周县鼓。"意思是,夏代的鼓平放在有足的架子上;商代的鼓侧放,在鼓框两侧凿孔,让竖立的柱从孔中穿过；周代则将鼓悬在架上。所谓"建鼓"，和商代的做法相同。葵眼前的这架就是如此，一根木质长柱贯穿了鼓体上下两个平面。但是，她平素见到的建鼓，可供击打的鼓面往往只有两个，而这架鼓上却有八个。说起来很不可思议，这面鼓的上下两个平面都是正八边形，八个与地面垂直的面则是矩形的。上下面都是木质，又被柱子贯通，自然无法击打。而环绕一圈的八个面，蒙着牛皮，皆可敲出声响。葵心知这是祭祀天神时使用的"靁鼓"，但即使是她，也只是听过这类鼓的形制，至此才亲眼见到。

"每次都会。"露申回答道。

葵又注意到两旁墙壁上悬挂着的几件弦乐器，分别是琴、瑟与筝。皆未施弦。还有竽与笙，各数支。从样式来看，它们也都是战国时代流传下来的旧物。

"这些乐器都是祖上传下来的吧？"

"是的。另外还有几件被姑妈带到长安去了。"

"你知道如何演奏它们吗？"

"我只会演奏弦乐器，不知为什么，所有管乐器到我嘴下都吹不出什么声音。不过江离姐应该能演奏全部这些乐器。近几年来，祭祀时的乐舞总是交由江离姐来负责，她每次都完成得很好。小葵，你发现了吧，我在家里完全是个累赘，如果死掉的人不是姑妈而是我……"

"现在不是讲这种话的时候。不管你如何自卑，如何一无是处，如何度过了屈辱的人生，我现在都没有兴趣听你讲。"葵严厉地说，"这些话还是等这次的事件完全解决之后再说吧。到那个时候，我会逐字反驳你的话，并且像你上午对我做的那样甩你耳光。但是现在，还是专心调查为好，毕竟钟夫人的魂灵也许仍在云梦的群山间徘徊，我们的一举一动也许都会被她看到。"

"对不起，小葵，我会振作起来的。说不定调查到最后，我会发现自己颇有侦破凶案的才能，那样的话，也就不必再自卑了。"

"虽然我不认为你在这方面有什么特别的天分，不过这种心态很好。没有尝试过世间一切可做之事，也就没有资格否定自己的才能。妄自菲薄其实是一种自大狂的表现，因为你在说自己一无是处的时候，暗含的意思其实是：所有可以投身的事业我都尝试去做了。若还没做到这一点，就请你仍对自己保持期待吧。"

"谢谢小葵这样鼓励我。"

"露申也是有优点的，只是你自己还没觉察罢了。"葵戏谑道，"至少，你发怒的样子非常可爱，让我总是忍不住想要欺负你、激怒你。"

"你喜欢就好，其实我也不是很介意。因为江离姐和若英姐关系太亲密了，她们对待我的态度总让我觉得很疏远，简直不像姐妹。反倒是小葵，会像对待同胞姐妹一样对待我。如果我们是亲姐妹的话，小葵对我做的事情根本说不上过分，倒是非常得体呢。我希望这样的关系可以一直延续下去，虽然有时候会觉得不甘心或是想要痛打你，但是总比以前孤身一人的时候要好受一些。"

"露申真是个多愁善感的孩子。"葵说，"这里的调查到此为止吧,我们开始闲谈了,说明已经没有什么值得调查的东西了。下面,请带我去钟夫人昨晚居住的房间吧。"

"好的。"

就这样,两名少女来到了钟氏母子暂住的小院。

钟会舞已经按照露申的嘱托将母亲行李中的物品一件件取出,陈放在堂屋的蔺席上,自己则恭候在一旁。

葵观察着地面上有序排列着的遗物。其中外衣六套,亵衣两套,履、屐、舄各一对。妆奁一套,梳、笓、铜镜各一件。又有一个漆函,里面装着各类药品。此外尚有几件乐器。笙、竽、瑟的样式与两人刚刚在仓库见到的相同,想来是观家的旧物。

一支七孔篪吸引了於陵葵的注意力。这种乐器在当时并不常见。因为它的孔数是不固定的,所以演奏方法很不易掌握。葵周围没有人懂得如何演奏它。不过,既然是乐府官员的妻子,在行囊里装有一支篪也没什么可稀奇的。

"会舞妹妹,请节哀。"

"客套的话就不必讲了,请於陵姐姐务必找出凶手。"

钟会舞的话音仍细微如蚊,但从中已听不出怯懦,巨大的变故与悲痛令她不得不坚强起来。

"那么我想问一下,你会演奏这支七孔篪吗?"葵指着观婞的遗物问道。

"还不是很熟练,但是普通的曲子尚可以应付。"

"是母亲教你的?"

"是啊。这支篪原本就是母亲从观家带到长安的。"

那么，此次带回来应该是为了物归原主吧——葵这样想着，却没有将想法讲出来。

"对了，昨晚钟夫人有没有特意将一样或一批东西从行囊里拿出来呢？"

"昨晚吗？梳妆用品原本就在外面，装乐器的袋子一直都没有打开过。衣服的话……"钟会舞沉吟片刻，继续说道，"就只有那件了吧。"

说着，她将手指向一套华美的袿衣，上青下白，似是新裁制的。

"这套衣裳还从未穿过吧？"

"我们从长安出发前才刚刚裁好，不曾见母亲穿过。"

葵推想这或许是祭祀时要用到的礼服。

"说起来，明日小殓要用的东西都准备好了吗？"

"这些事都是哥哥在操办，江离姐姐也在帮忙。哥哥好像很担心我，所以什么都不让我插手。可这让我心里很是愧疚。如果两位姐姐的调查已经结束了，我想收拾一下，然后去主屋那边帮忙准备丧礼。"

"我已经调查好了。如果露申没有异议的话，我们一起过去吧。"

"怎么会有异议呢？"

"那么，请稍等我收拾一下。"

钟会舞说着，开始整理母亲的遗物。露申也赶紧帮忙，葵不知道是否方便插手，就等在一边。

待所有遗物都放归原处，三人便一起向主屋走去。

少女们一直忙碌到深夜。在种种准备工作中，精通礼学的葵始终没有发表自己的意见。因为她知道楚地的礼仪与汉地多有不同，不能将自己学到的古礼强加给观家。

当晚，葵与露申在主屋前的庭院里安放了火把，火把上缠着曾在动物油脂里浸过的布，庭中因而弥漫着油脂的腥味。这令葵想起《诗经》里对插满火炬的庭院的描写：

夜如何其？夜未央，庭燎之光。君子至止，鸾声将将。
夜如何其？夜未艾，庭燎晣晣。君子至止，鸾声哕哕。
夜如何其？夜乡晨，庭燎有辉。君子至止，言观其旂。

据说这是描写周宣王时诸侯在清晨朝见天子的诗。但若放在今日的场景，却别有一番况味。而今，庭院里的光已不能指引谁的到来，只能照亮观姱的归程罢了。"鬼之为言归也"，此时观姱正走在最后的旅途上，若她回望人世，最先看到的便是这满院的庭燎吧——葵这样想着，就觉得自己与露申的努力并非全是徒劳。虽然一切努力终将徒劳无功。

在庭院里，两人遇到了白止水。

"先生还未睡？"

葵不知该讲什么，只好寒暄道。

"听说於陵君在调查凶案，如果有什么可以帮忙的，尽管告诉我吧。我与她结识多年，这样的变故让人一时难以接受。"

"我和露申会尽力探求真相，先生不必为此费心。"

"那样最好。我准备回去了，人上了年纪就是容易疲乏，於陵君也早些休息吧。"

白止水与葵居住在相反的方向。露申与葵向他道别之后，也踏上归途。才走出十几步，葵心底就涌起一股不安的情绪。那并非预感，却也令她不悦。

她转身注视着白止水渐行渐远的方向，他的身影已消失在夜色里。

这夜，露申仍睡在葵的卧房，因为疲惫，两人都很快入睡了，并无什么言语。睡熟之后，露申梦见了白天看到的悲惨一幕，在睡梦中抱住了葵。次日一早，观家将在主屋为观姱举行小敛之礼，所以葵嘱托小休早些唤醒自己和露申，以免耽误仪式。许多年来，小休已经养成天不亮就醒来的习惯，所以总能完成唤醒主人的工作。她的现实在旁人看来或许是悲惨的，但她自己却不愿沉浸在睡梦里，更喜欢醒着的时光。

夜深之后，暗云渐渐布满天际。

4

小敛之礼在主屋那边举行。

众人将用于包裹尸体的衣衾陈放在东堂,又在堂下放置脯醢醴酒,皆以特制的功布盖好。仪式后亲人将要换上的丧服则陈列在台阶以东。内室的门外置有一鼎,鼎中煮着豚肉。继而,观江离与若英在内室的地面上铺起两层席子,莞席在下,簟席在上,又把衣衾按顺序铺好。观无逸和钟展诗将观姱的尸体搬到一叠铺开的衣服上,又将衣衾一件件裹好,最外面是一层黑色的衾。观无逸除冠,与众人一道将尸体抬到堂中,再以夷衾覆盖好。最后,一家人换上各自的丧服。

小敛开始后,葵留在堂里,并未参与内室的仪式,小休则与观家的仆人一起等在堂外。奇怪的是,与观姱交情颇深的白止水并没有出现。仪式开始前和结束后,观无逸都遣仆人去叫他,他却不在自己的房间里。

事后有仆人想起,她在今早看见过白止水,他在天亮之前就往南走去了。从观家所在的谷地向北走,有一条出山抵达都会的路。向南则只能走到群山更深处。

"白先生可能是去采蓍草了。"身着丧服的观无逸说,"昨晚我曾拜托他为婍儿占一卦,以决定送葬的日期。"

蓍草是最常用的占卜道具,一次要使用五十根之多,所以白止水才会入山采集。然而,这是常见且易得的草,只是采五十株的话断断用不了这么久,难不成白先生也遭遇了什么不测?

昨晚与白止水道别时在葵的心中涌起的那股不安感,此刻正再度袭来。

"白先生要赶在天亮前入山,说明他计划参加小敛仪式。我很担心他遇到什么意外。"葵向观无逸袒陈了自己的想法。

"露申,还是由你来为於陵君带路吧。"

观无逸命令道。露申自然应允了。

"我也一道去吧。"钟展诗提议道,"若真的发生了什么,只怕两个女孩子无法应对。"

"这样最好,我也觉得只有自己和露申一起去的话,或许会耽误事情。真的对不起,你刚刚经历那么不幸的事……"

"我曾向白先生学过《诗》,'事师之犹事父也',这种时候我怎么能袖手旁观呢?不过我对这边的地形也不甚了了,还请露申带路吧。"

于是，葵吩咐小休帮助观家的仆人善后，自己则与观露申、钟展诗向南进发。

暮春是个危险的季节，山中满是毒虫猛兽。好在这日天气不佳，暗云蔽日，鸟兽知道暴雨将至，都隐伏不现。葵听说南山的玄豹若遇到连续七日的雾雨天气，可以一直不下山觅食。是故她总以为阴雨天走山路要相对安全一些。

但露申并不这样想，她知道雨水可能蓄积成致命的山洪。

"原来白先生不止治《诗》，对占卜也有所研究。"露申说，"我一直以为只有治《周易》的经师才懂占卜。"

"五经本就是贯通的，任何人想研究某一部经，都必须遍读群经才行。已故的《诗》学宗师韩婴对《易》就非常有研究，还留下了一部《韩氏易传》。当然，那是'韩诗'一派的学说，而白先生学的是'齐诗'。'齐诗'也有一套独特的占卜方法，可以概括为'五际六情'。"

一谈到经学问题，葵就会兴奋起来。

"於陵君竟然知道这个学说，"钟展诗讶异道，"听白先生说，这套占卜法在他们学派内部也流传不广，所以他本人也不怎么明白其中的原理。"

"其实有一件事我一直瞒着白先生没有讲，我也向夏侯先生学过《诗》，虽然还未能卒业……"

"什么是'五际六情'？"

露申不知道葵嘴里的"夏侯先生"是谁，亦不知道师从他意味着什么，便将话题引回她比较关心的占卜法。

"这个解释起来就复杂了。'五际'指的是十二地支中的五个：卯、酉、午、戌、亥。遇到有这五个地支的年份，就是'阴阳终始际会之岁'，这时可能会发生大的政治动荡。而且，'卯酉之际为改政，午亥之际为革命'。遇到带有午、亥这两个地支的年份，例如辛亥年，就要特别注意，因为这时可能会发生改朝换代的革命。"

"那么'六情'呢？"

"'五际'关乎年份，而'六情'和具体日期的关系比较大。'六情'指的是北、东、南、西、上、下这六个方位对应的感情。六方同时又与十二律对应……"

"好了，小葵不必再说下去了。这套学说过于繁琐，有些超出我的理解能力。"

"这套方法对占卜者的要求太高，只有博洽的经师才可以掌握。况且，它讨论的是军国大事，会的人自然越少越好。再说，布衣或女子就算占出什么时候将发生大的政治变故，又能做什么呢？所以说'齐诗'的占卜法注定只能为当权者服务罢了，对我们来说没什么实用价值。露申若要占卜，就去市场上找个日者，向他买一编适合楚地的《日书》，这才是最有效率也最有效果的方法。"

小葵也真是的，在这深山老林里，我去哪里找什么日者呢——露申腹诽着，并没有讲出来。

"不过我觉得，占卜什么的，能不用就尽量不用。'卜以决疑'，总在占卜，就说明你是一个缺乏决断力的人。我虽然略通五行家、堪舆家、建除家、丛辰家、历家、天一家①、太一家的占卜方法，又学过《周易》的筮法，但绝少进行占卜。因为我决定好的事情，不论吉凶，都一定会去做，而且何时开始、何时结束都取决于我自己的心情。所以种种占卜法对我来说毫无意义。"

"那么小葵为什么还要学习它们呢？"

"为了帮助那些总是犹豫不决的人。我无法强迫别人听信我的建议，但可以藉助占卜法说服他们。"

"小葵其实一点也不信咯？"

"没有什么比自己的判断更可信。我需要的只是让别人相信我的手段罢了，各类占卜法在这种时候总能派上用场。"

"不知道小葵可以把这种过度膨胀的自信保持到什么时候，我倒是希望你能早日认识到自己的渺小。虽然比起你，我更是微不足道的，但我已预见到了，小葵终有一日会跌得很惨……"

"说到'跌得很惨'，我倒是刚刚才注意到，露申家住的地方明明是谷地，可我们才走出没多远的距离，就能看到深不见底的山涧，这是怎么回事呢？"

"陵与谷都只是相对而言吧。"

"你看，那边有一片蓍草，绝对够白先生采去占卜了。我想他应该不会再往更远的地方走。所以，我在想，他会不会是跌落到山涧里了。"

---

① "天一家"，《史记·日者列传》原文作"天人家"。钱大昕《十驾斋养新录》卷十七"天一家"条谓"天人家不见于《汉·艺文志》，当是'天一'之讹。《汉志》五行三十一家，《天一》六卷，盖其一也"。又，马王堆汉墓出土有帛书《式法·天一》。据此可知"天人"确为"天一"之讹，故改为"天一家"。

"露申,有什么路可以绕到山涧下面吗?"

钟展诗问道。葵则走到悬崖边俯瞰。

"有是有,但是要费一些时间。"

"你们快过来看!"葵指着悬崖边的土壤,惊呼道,"这里是不是……"

露申和钟展诗连忙凑过去,只见赭色的土地上有一道较深的痕迹,似乎是有人用履在地面上反复摩擦造成的。

"说起来,白先生确实有这个习惯,与人谈话的时候会无意地不停把脚在地面摩擦。"钟展诗说,"可是在这种地方,他应该不会遇到任何人吧?"

"未必,也许今天早上有人跟在他后面。"葵不安地说,"山涧里雾气太重,什么也看不到。以防万一,我们还是到下面看看吧。露申,拜托你带路了。"

"真的要去吗?"

露申嘴上这样说着,脚下已迈开步子。葵与钟展诗紧随其后。

通往涧底的路只容一人通过,向右一步是峭壁,向左一步则是深渊。三人抓着自山体垂落的薜荔,小心前行。

葵不时抬头看看被绝壁切割得只剩下一半的天空。

此时若有一块巨石从上方滑落,只怕夹在两人之间的她毫无躲闪的余地。

若白先生真的落入山涧,我们该如何将他带回观家的聚居地?想到这一点,葵更觉得烦躁,结果险些滑倒。她宁愿这次远征无功而返,宁愿白先生只是在山里迷失了方向。但是,不祥的预感像黑云一样压着她的心。

露申则一心祈祷着千万不要下雨,她知道在这种时候雨水意味着什么。到那时,山石将变得难以驻足,他们此刻抓在手里的薜荔也会变得湿滑而难以握紧。

到中途时,走在最前面的露申要求休息,另外两人也表示赞同。实际上,感到疲劳的并不是他们的身体,而是一直紧绷着的神经。三人就这样背靠峭壁,面朝深渊,一言不发。露申的呼吸声已变得浑浊而沉重,观芰衣死后她就再没往山里走过这么远的距离。她在心里掐算着路程。由山上到涧底往返一趟约有八里路,若走得慢些,可能会费掉半日的时间。恐怕,他们是无法赶在午饭前回去了。

看着一只乌鸦在山谷间回旋了四周之后,他们继续前行。步速较之前慢了许多,山路也愈发险仄。终于抵达涧底的时候,露申已累得扑倒在葵身上,葵却把她推给钟展诗,自己奔向白止水可能坠落的位置。

于是,她看到了已经变成尸体的白止水。

听到葵的呼喊声,露申与钟展诗奔至她身后。

只见白止水伏在地上,头部附近有少量血迹。虽然没有流多少血,但内脏恐怕都已经摔碎了。葵凑到他身边检验脉搏——没有,便对着露申和钟展诗摇了摇头。钟展诗扑倒在白止水的尸体上,沉默不语,亦没有流泪,少顷,他试着将尸体搬起。

就在这时,他们同时看到了原本被白止水的右手盖住的血字。那应该是他留给生者的最后的讯息。

"子衿……"

葵读出地面上的血字。

露申记起昨晚在江离的房间也曾见到这两个字，而且那极可能是江离写给钟展诗的回信。但碍于同江离的约定，露申没有向钟展诗发问。她直觉地认为这两件事之间应该没有关系。

但是，事实果真如此吗——露申苦恼着，焦躁地将视线转向葵。葵领会了她的意思，来到她身边。

"你也很在意昨天看到的木牍吧，"葵在露申耳边轻语道，"我们还是回去之后找机会问江离姐姐比较好。"

露申颔首，表示赞同。

"实在抱歉，现在能将白先生的尸体运回观家的，就只有你了。"

葵对钟展诗说，又躬下身子帮他扶起尸体。露申也凑了过去，在两名少女的协助下，钟展诗将已故的白止水背负在身。

正在这时，雨水自天空坠落。

我们真的回得去吗？露申这样想着，迈开步子。她举头仰望，但见绝壁。这或许将是她有生以来走过的最险恶的旅程。钟展诗也对自己的体力毫无信心，他不确定背负着尸体能否走到终点。

而葵，仍思考着"子衿"二字的意义，她担心白止水不是最后的受害者，凶案仍将继续发生。

5

  终于抵达目的地的三人，不仅错过了午餐，也已经全然没有了吃饭的力气。将白止水的尸体交与观无逸之后，钟展诗因体力不支而倒下了。观无逸的夫人悼氏让葵与露申回去换下湿透的衣服，好好休息，还说自己会照顾昏倒的钟展诗。

  那时若英已经带着钟会舞离开了主屋，前往自己的房间。江离则没有与她们一起回去，执意要留下来等候三人归来。

  看到他们之后，江离喜极而泣，转而又为白止水的死痛哭起来。

  小休此前则留在庖厨里，守在门口望着庭院，等着主人归来。见三人走过，她奔出庖厨，站在雨里，却没有走近葵，也未发一言。葵听到熟悉的脚步声，将头转向她，冷冷地瞥了她一眼，就走进了主屋。小休知道主人在此之后一定会回房间换衣服,所以在葵与露申离开主屋之前,一直立在那里。

在悼氏的劝说下,葵与露申动身返回房间。小休默默地跟在主人身后。江离仍留在主屋,与悼氏一起守在钟展诗身边。

"能活着回来就好。"露申在雨中感慨道。

"是啊,的确如此。"葵将视线转向小休,有些恼火地说,"你是不是很希望我死掉呢?"

"怎么会……"

"主人在外面走山路、淋雨,生死未卜,你却舒舒服服地躲在屋里看热闹。"

"对不起,对不起……"

体力已所剩无多的葵,用尽仅存的气力,挥动手臂。她的手背击在小休的脸上,将她掀翻在地。小休朴素的单衣陷入泥淖里,碎石划破布料,刺进她的身体。她没有立刻起身,而是一动不动地伏在泥地里,似乎是在等待主人的命令。

"起来!"

终于,葵一声令下,小休立刻照做了。

这一次,葵抓着小休的头发,用力在空中划下一道弧线,将她甩出二尺远的距离。小休整个人扑在泥地上,静静地等待着主人的下一道命令。但是葵没有再说什么,她缓缓来到小休身边。

正当小休侧过脸,想要看主人一眼的时候,葵抬起脚,将满是泥污的木屐底踩在小休的头上。她先是将脚尖点在了小休的太阳穴附近,继而把整只脚都踏了下去,木屐底一直盖住了小休的耳朵。

露申抓住葵,试图把她从小休身边拉开,却终究没有那份体力。努力了一番之后,她放开手,绕到葵面前,拼尽全身的力量使自己的拳头撞在葵的颧骨上。葵因而后退了数步,怒视着露申。

"於陵葵,我没有想到你是这么残忍的人。"

葵没有理她,反倒背过身去,开始责骂小休。

"小休,看来你的'露申姐姐'很喜欢你嘛,这样好了,我把你送给她就是了。以后我们之间再也没有主仆关系,你只要好好侍奉你的'露申姐姐'就是了。或者,如果你觉得还不够的话,不妨借这个机会杀掉我。现在已经有两个人遇害,我若死了,大家都会把我视作连续杀人事件的第三名受害者,根本不会怀疑你身上。我以前对你很残忍,不,直到现在都在虐待你,你对我一定蓄积了许多不满和愤恨吧,不妨借这个机会好好报复我。只要杀了我,你就永远地解脱了,这不是很好吗?"

"我怎么会对您抱有怨恨呢?"小休在泥中哭喊道,"我把一生都献给了您,否定您也就是否定我自己。如果没有遇到您的话,我的人生恐怕会像长夜一样,每天在固定的地方,做着固定的活计,到死都不会有什么改变——那根本不是人的生活,反倒更像是器皿、工具。遇到您之后,随您旅行,在您的要求下学习技艺,听您讲述种种见闻,自此之后我才成为一个人,虽然是悲惨的、不自由的人,但已经远远好过之前那段扮演器皿、工具的日子!上天对待人类不是也很残忍吗,每年都会降下灾厄,但是人还是敬重天,从不停止对天的祭祀。为什么呢?因为人是上天所创造的，造物主本就有权随意支配、处置自己创造的东西。我是因为遇到小姐才成为人的，所以小姐就是创造我的人，不，对我而言是神明。所以，不论您怎样对我，我都会服从。要求我去死，我就立刻死在您面前。当您想要痛打我，我会为您递上鞭子。因为我是您创造的……"

"够了。"

葵推开露申，扑向小休，将她的身体翻过来，使她面对着自己，继而反复掴她耳光。小休则一直睁着无神的双眼。

"这种异端邪说都是谁教给你的？难道父母养育子女，也可以随意剥夺子女的幸福，乃至虐待、杀害他们吗？难道君主无道嗜杀，臣子就要洗干净脖子等死吗？你为什么能心安理得地接受所有不公，我对你不好，你为什么一点怨言也没有？"

"如果小姐希望我说这些是不公的、不合情理的，我也会按照您喜欢的方式回答。"

"你这个样子，根本就没有成为人！"葵抓住小休满是污垢的衣襟，怒斥道，"我非常后悔，没有将你导向正途，没有教会你做人的本分究竟是什么。你现在这个样子，和器皿并没有什么区别。你大概永远也成为不了人……"

一瞬间，露申仿佛明白了，葵对自己的种种戏弄与轻薄之举，实则并非出于友谊，而仅仅出于其生性之中的残忍与刻薄。原来一切都只是自己——总以最大的善意揣度他人的观露申——的误判，是种一厢情愿的解读。自己终不能与谁缔结真正的友谊，以往如此，来日恐怕亦如是。

这样想着，她心底涌起了对葵的憎恶。

与其说是葵背叛了自己，毋宁说是现实背离了露申的预期。

因为在寂寞中生活了太多时日，露申对葵的期待曾经膨胀至无限大，而此时一旦破灭，就都化作了敌意。由亲近与依赖转为憎恶，只是一瞬间的事情罢了，露申渐渐意识到，自己正在失去控制。

"於陵葵，"露申在她背后冷冷说道，"我看，永远无法成为人的是你才对。你不过是个认字的禽兽罢了。你根本不能理解人类的感情，无法理解别人的痛苦。你对'痛'的理解，停留在字面上，你知道'痛'字的各种书体，你也知道它在古书中的用例，但是你永远体会不到这个词的含义。其他种种与人相关的词汇，你也都体会不了。你所能做的不过是在语词层面上分析它们，不过是援引各种书籍里的言论来阐释它们，但是它们在你身上，全然是看不到的。若问你什么是'恻隐之心'，你可以讲上三天三夜，但是你绝对说不出一句自己的心得，因为你根本就没有心。你只是在套用前人的文章，重复别人的话，在贫乏而灰暗的概念世界里活着，你和鹦鹉、猩猩没有区别。你储备种种学说，这些学说却不能在你身上发挥任何作用。这也很正常，因为，那些学说都是供人类学习的，而你，根本就没有实践它们的资格！我之前看错了你，现在已经看清了……"

没等露申说完，葵已经放开两手，起身独自走向住所。

"小休，我其实一直想找个机会让你离开我。我也发现，自己过于依赖你，你也太依赖我了。这样下去很不好。我必须孤独地过完一生,但是我希望你可以做个普通人。所以,今天大概就是个好机会,我们的契约解除了,你以后不再是我的仆人。你可以选择自己的未来,但是没有'继续跟随於陵葵'这个选项。没有。我会分一些财物、衣裳给你,那是你应得的。这些年来你很努力,我也确实做得有些过分。我希望以后不会再遇见你了,我只希望你在我看不到的地方能过得幸福。露申是个好人,未来的事情你可以找她商量,她绝不会设计害你。但她终究是个蠢人,听她的话也未必有好处。"葵背对着两人说道,"我将尽快离开这里。我会骑马,也知道怎样驾车,就算迷路,绕上几圈也总能找到方向,所以都不用你们费心。永别了,露申。"

就这样,葵的身影自两人的视线中消失。

露申扶起小休,讲出安慰的话语。小休却苦笑着,摇了摇头。

"怎么办呢,露申姐姐,我好像被主人抛弃了。"

"以前也发生过这种事情吗?"

"挨打是很常有的,但是小姐说不要我却是第一次。不知道还能不能被原谅……"

"小休没有做错什么,不必寻求那种人的'原谅'!"

"露申姐姐一定不懂吧。"小休说,"对不起,由于我的原因,破坏您和小姐的友谊。"

"我和她本就不该有什么友谊。来,到我的房间坐坐吧,顺便换一件衣服。虽然不知道我的衣服合不合你的尺寸。"

"不必了,我有我应该去的地方,也有我应该做的事情。露申姐姐,再会了。"

语毕，小休就朝葵的住处跑去。

"小休……"

露申连唤了几声，都不见她回头。此时的露申，根本没有追赶小休的力气。无奈之下，她只好一个人向自己的房间走去。

路经主屋的时候，悼氏叫住了她，问她为什么一身泥泞地回来。露申委屈地扑在母亲怀里，恸哭了一场。哭完，她却有些后怕，担心自己的样子被父亲看到，便问起他的去向。

"你父亲去整理白先生的遗物了。他说也许能发现什么线索。"

紧接着，露申又问起了钟展诗的情况。

"展诗已经醒过来了，不过扭伤了左脚，现在行动很不方便。江离说昨晚会舞告诉她，钟夫人从长安带来了一些药品，装在一个漆函里。刚刚她说去取药，应该很快就会回来了。"

"姑妈和白先生都死于非命，江离姐应该注意一点才是，一个人去太危险了。我去接她回来。"

"可是你一个人也会有危险吧。"

"没关系的，我不会有事。"

露申说着，起身走向门外。

我这种人，死掉了也无所谓吧——此时露申的心里满是阴暗的念想。她看着雨中的庭院，想起昨晚与葵一起点亮火把的情景，不由怅然。但紧接着发生的一幕阻遏了她向记忆深处溯洄的意识流，将她推入更深的恐怖与绝望。

在露申视线的尽头，观江离抱着一个漆函奔向这边，两人之间约有一百步的距离。

下一瞬间，江离倒下了。

她身后约五十步，有一片树林。树林与江离之间空旷无物，也看不到谁的身影。

因为离得太远，露申看不清到底发生了什么。她奔向江离，却听到后者喊了一声"别过来"。

犹豫片刻之后，露申终于还是迈步向前，踏着泥泞的地面，奔向惊恐的江离。

在距离江离只有三十步的时候，露申听到了江离的一声惊叫，接着，她就一动不动地伏在那里。

雨滴落在她身上，又弹向地面。

这时露申终于看清楚了，江离身上插着两支箭，一支射中背部，一支则射中了她的腿。她身后的地面上，还插着三支未射中的箭。

露申扑倒在她身边，握住江离的手，声嘶力竭地喊着姐姐的名字。

观家的箭端都施有四镰铜镞，射中目标后，箭簇不会完全没入伤口，血会顺着凹槽涌出。因而，即使不将箭拔出，仍会造成致命的伤害。

江离自知性命难保，轻轻地叹了一口气，又将露申的手握得更紧了一些。

"果然还是逃不掉……姑妈去世的时候，我就在想会不会轮到我……露申，请帮我保护好展诗和会舞……也许下面……"

"江离姐不要说下去了，你会得救的。"

露申毫无信心地鼓励着江离。

"不,我知道自己已经没救了……请认真听我说,这次的祭祀和以往的不同……所以,姑妈才会被杀……因为我答应了姑妈……所以……"

随着一阵剧烈的咳嗽,鲜血自江离口中涌出,她再也无法讲话了,呼吸也随之停止。

后来,听到露申的呼喊声而赶来的悼氏、钟展诗以及观家的仆人,一起将江离的尸体搬到屋里。露申则不顾母亲的阻拦,冲入那片凶手可能藏身的树林。

这片树林平日很少有人进入。在林中,树根往往露出表土,人走过不会留下脚印,所以无法追踪凶手的行迹。露申却在那里意外地发现了凶器。一把弩机被丢弃在地上,旁边还散落着六七支箭矢。她认出,这把弩正是观家收藏的十四把之一。露申将它拾起,带回了主屋。

露申回到室内时,悼氏已派遣观家的三名仆人分头去叫观无逸、於陵葵和观若英、钟会舞。于是,露申叫上剩下的一名仆人,前往主屋后面的仓库进行调查。结果,七把弩机仍在原处。由此可以推知,作为凶器的弩机是从观姱丧命的那间仓库里取出的。

为什么要杀害江离姐?

为什么江离姐临终的时候会说出那样的话?

她为什么认为接下来的目标是展诗和会舞?

——凶手究竟是谁?

露申走出仓库,再度来到江离殒命的庭院。她立在雨中,久久地注视着那片树林。地面的血迹已被雨水冲散,只有未射中目标的几支箭,寥落地插在泥土里。

之后,观无逸、於陵葵、观若英、钟会舞都返回了主屋。观若英见到江离的尸体就昏倒了,钟会舞正坐在地,让若英枕在自己的膝上。於陵葵也跌坐在地上,神色黯然,注视着死者。观无逸问露申到底发生了什么,露申就如实地复述了事件的经过,包括江离的遗言。最后,她向葵质问道——

"小休为什么没有一起来?"

"她一直没有回来,我也不知道她去了哪里。她一个人在外面,万一撞见凶手……"

"也许她回到房间反而会撞见凶手。"

"露申,你想说什么?"

"於陵葵,我问你,江离姐是不是你杀害的?"

"为什么怀疑我?"

"你当时在哪里?"

露申不停用冷酷的语调质问着葵。

"在房间。"

"和谁在一起?"

"我一个人,只有我一个人。"

"谁能证明你的清白?"

"没有人,但我是清白的。"

"够了,那片树林通往你的住所。你完全可以杀人之后就折返回去,装作一直待在房间里。"

"其他人做不到吗？他们当时都在哪里？"

"母亲和展诗哥就在这里，父亲当时在白先生的房间，若英姐和会舞都在若英姐的院子里。"

"那么，通过那片树林，到不了白先生和若英姐姐的住所吗？"

"可以。但是……"

"那么你为什么单独怀疑我？"葵开始反击，她转向钟会舞，向她问道，"会舞妹妹，你当时在做什么？"

"我，因为累了，所以在卧房里小憩了一会儿。"

"当时若英姐姐又在做什么？"

"她留在外面的堂屋，她说要查阅一些有关丧礼的文献。"

"那么，也没有人能证明若英是清白的。"

"你不要逼人太甚。"

"同样，也没有人能证明你父亲是清白的。"

"於陵葵！"

"说到底，我与你们观家素无恩怨，有什么理由要杀害你的家人？"

正当两名少女针锋相对之际，门外传来了小休的声音——

"小姐是清白的。"

继而，众人看到了小休的身影出现在门口。她身上仍穿着那件满是污垢的单衣，面颊红肿，发丝上也沾有泥沙。

"小休，你去哪里了？"

露申问道，却仍是冰冷的语调。

"我一直站在小姐住的院门外。我不敢敲门，就等在那里。

因此,我可以证明小姐一直没有离开过房间。后来见到有人走近,我怕被别人看到自己这副样子,就躲了起来,但是终究放心不下,我担心你们会怀疑我家小姐,所以才偷偷跟了过来。果然,没有错……露申姐姐,请你冷静一些,小姐她绝对不会做出那种事情。"

"你也让大家看看,她都对你做了些什么!"露申指着小休说道,"一个人可以对自己的仆人如此痛下毒手,还有什么事做不出来?我之前被於陵葵这张巧辩的佞口迷惑了,才一直没有怀疑她。但是现在我……"

"小姐是清白的,我可以作证。"

"小休,对不起,我无法相信你的证词,因为你刚才说过,只要於陵葵对你下命令,你就会无条件服从。所以,如果她命你做伪证,你也一定会做的。"

当是时,於陵葵起身,击掌两次。

"够了,露申,你怎么还不明白呢?"於陵葵叹道,"请你回想一下江离的遗言,'姑妈去世的时候,我就在想会不会轮到我'。这句话到底暗示了什么?不要那样看着我,你对我的怀疑根本就是毫无根据的。因为,根据观江离的遗言,这显然是一起连续杀人事件,三名死者都是基于同样的理由惨遭杀害。当然,凶手也是同一人。而在钟夫人、白先生遇害的时候,我一直和你在一起。对,恰恰是你,最想把我指认成凶手的你,可以证明我的清白。"

"不要狡辩了,你不过是在拖延时间罢了。因为姑妈的案件陷入了困境,你才会想出'连续杀人'这种无聊的托词。"

"是吗,你真的这样认为吗?那么我现在就可以告诉你,这三起命案的凶手究竟是谁!还有,那个人行凶的动机究竟是什么!"

给读者的挑战状

　　写作这篇小说的时候,我一直犹豫要不要单独写一页"给读者的挑战状"。我总担心解答不够惊人,亦担心未能做到"信息公平",没能将所有可供推出结论的伏线都给出。好在推理小说中的解答,其可靠性本就是相对而言的。从小说的内部来看,所谓解答,往往由扮演侦探的角色讲与助手听,若令助手信服了,侦探也就完成其使命了。同样,小说的作者给出解答,也只是为了说服读者而已。至于在解答中,推演过程是否无漏洞、诡计是否可以实施、伏线回收是否充分,反倒是不那么重要的问题。

　　基于这样的假定,我认为,"给读者的挑战状"不是一次无奖竞猜活动的公告,而仅仅是一张书签罢了——通过这张书签,告诉读者:看到这里,你已经可以给出一个让自己信服的解答了,请尝试一下吧!

我在这里想向读者提出的问题其实只有一个:

发生在天汉元年的三起命案的真凶是谁?换言之,究竟是谁杀害了观姱、白止水和观江离?

想特别说明的是,我没有在小说里使用叙述性诡计。同时,给出解答不需要具备某些专业知识。并且,三起命案的凶手是同一人。

第四章

知死不可让,愿勿爱兮。
明告君子,吾将以为类兮。

1

"这两日来,发生了三起命案,死者分别是钟夫人、白先生和观江离。而根据观江离的遗言,现在钟氏兄妹也处于危险之中。所以,有必要迅速阻止凶案继续发生。目前推理的最大障碍,是钟夫人的命案。因为凶手在众目睽睽之下消失了。

"凶案发生的时间,可以根据门前草地上的血迹推理出来。我和露申经过那里前往溪边的时候,草地尚无血迹。观江离和钟会舞经过那里的时候,也没有发现什么异常。而就在她们经过时,仅有的一条可供凶手逃离现场的路,正处在钟展诗和观若英的监视下——也就是说,从那时开始,凶手再无离开现场的机会。

"那么,让我们改换一下思路,有没有可能,凶手在观江离、钟会舞经过那片草地之前就已经从谷口离开了呢?也就是说,凶案发生的时间要更早一些。我原本认为这是不可能的，但是听了露申转述的观江离的遗言之后，我终于明白了事情的真相。不过在揭开谜底之前，我想先向会舞确认一件事情。"

"於陵君想问什么？"

"会舞妹妹，我提出这个问题没有什么恶意，所以希望你也不要忌讳什么。其实我在案发之后就隐约感觉到了——会舞，请如实回答我，你是不是无法分辨红色与绿色？"

"我……"

"我之所以会想到这一点，是因为昨天你的'某个反应'。我和露申发现尸体之后，你和江离也跑到了门前。那个时候，你就站在那片草地边，却问了我一个问题——你说，'到底发生了什么'。现在想想这真是个奇怪的问题。假使你注意到草地上的血迹，应该不会这样提问吧？而且，按照你的性格，理应感到恐惧才对。结果你却这样问了，我只好推测你无法分辨红色与绿色，因而在那个时候没有注意到草地上的血迹。"

"是的，我一直无法分辨这两种颜色。"

"所以，假使在你和江离第一次经过那片草地的时候那里已经有血迹，你也不会注意到，对吧？"

"可是，当时江离姐也……"

"等一下，葵，"露申忍不住开口了，"那个时候江离姐应该会注意到血迹。我和她一起生活了这么多年，从没发现她的色觉有什么异常。所以你的假设根本就不能成立。"

"只是色觉异常的话，若好好掩饰，朝夕相处的亲人也未必能发现。"葵说,"下面,我将向你证明,已故的观江离也一定无法分辨这两种颜色。同时,我也会向你解释她们无法分辨红、绿二色的原因。"

"荒唐,简直荒谬到极点了!葵,你病得很重,没有遇到臾跗、扁鹊这样的名医,真是太不幸了!"

"露申,请耐心听我说下去。我这样做都是为了阻止凶案继续发生。你既然提不出什么有价值的见解,就请暂时闭嘴吧。"葵说,"不过从现在开始,我不得不绕一个圈子,扯出一些看似与此无关的问题,否则的话,愚顽如观露申者断断无法理解我的主张。下面这个问题我希望能由钟展诗来回答——观江离在临终时说,'这次的祭祀和以往的不同',所以我想问你,这一次的祭祀和以往的不同点究竟在哪里?"

"我不明白你的意思。"

钟展诗支吾着。

"你怎么会不明白我的意思呢,"葵继续追问着,"往年的祭祀对象都是东皇太一,但是这一次的祭祀对象似乎与以往不同呢。那么我这样问你吧,钟夫人计划祭祀的对象,不是东皇太一,而是东君吧?"

"那又如何?"

钟展诗反问道,实际上回答了葵的问题。

"我的推想果然没错。"

"真的是这样吗?"观无逸转向钟展诗,质问道,"为什么我一点也不知情。姱儿,姱儿她为什么要这样做?"

"母亲她一直相信，太一是外来神，而东君才是楚地特有的，是楚人真正应该信仰的对象。所以她认为应该恢复对东君的祭祀。"

"荒唐！怪不得会降下这样的灾祸！"观无逸愤怒地转身，面对於陵葵，说道，"於陵君是怎样发现的？"

"您真的没有发现吗？"葵解释道，"我觉得有种种迹象都表明这次祭祀的对象是东君。在前天晚上的宴会中，钟夫人已经明确说出了她的看法，只是大家好像都没有留意。她说，'其实长期以来，东君都作为从属的神明，和东皇太一一同被祭祀，但是读了《九歌》之后，我也觉得它的地位本应更特别一些'。她还说过，'有可能在较早的时代，东君是作为主神被祀奉的'。她的根据就是《九歌》里《东君》这一首。结合《九歌》的记录，钟夫人在遇害之前的种种行动也就可以做出合理的解释了——其实她都是在筹备对东君的祭祀。

"首先是乐器。钟夫人曾指出，'按照《九歌》的记述，祭祀东皇太一时用到了鼓、竽、瑟，而祭祀东君则用到了瑟、鼓、钟、篪、竽五种乐器'。这就可以解释两件事：第一，为什么钟夫人会去查看仓库里弃置多年不用的编钟；第二，为什么她要带一支七孔篪过来——因为以往祭祀东皇太一时是用不到这两种乐器的，此次她计划依照《九歌》的记述来祭祀东君，就必须特意准备它们了。

"再者，就是她的遗物中那件上青下白的袿衣。根据会舞的证词，这件衣服是'从长安出发前才刚刚裁好'，而且钟夫人不曾穿过。但是，她却在遇害前一天，特意将这件衣服从行囊里取了出来。据我推测，这件袿衣其实是祭祀时会用到的礼服。《九歌·东君》里有一句是'青云衣兮白霓裳'，恐怕钟夫人根据这一句认为祭祀东君时的礼服应该是上青下白的。这件衣服在祭祀时应该由沟通神明的巫女来穿，我想，那名巫女就是观江离。因为在钟夫人取出那件衣服的当晚，我和露申在观江离的住处见到了她和钟展诗的通信……"

"这件事，请不要讲出来。"

钟展诗面色苍白地恳求道。

"为了阻止凶案继续发生，我必须讲下去。他们的往返书信写在一块木牍上。钟展诗写给江离的内容是'绿兮衣兮，绿衣黄里。心之忧矣，曷维其已'。而江离回信的内容是'青青子衿，悠悠我心。纵我不往，子宁不嗣音'。这都是《诗经》里的句子，但是他们这样写，与《诗经》的本义无关，而是借用《诗经》的句子来充当某种暗号。"

"请不要再说下去了……"

"'绿兮衣兮'和'青青子衿'指的都是那件上青下白的袿衣，钟展诗写下的那两句诗，其实是在发问，问观江离是否愿意在祭祀时穿上它。而观江离回信引用那两句诗，则是在表示应允，告诉对方自己也信仰东君，所以愿意穿上那件袿衣参与祭祀。"葵说着，将目光转向面露狰狞之色的钟展诗，"我说得应该没错吧？"

"没错。"

"但是於陵葵，你说的这些和江离姐的色觉有什么关系呢？"

露申尖锐地问。

"刚刚我推出了一个结论不是吗——观江离信仰着东君。请你记住这个结论，一会儿我将论证她的色觉，那时会用到它。"于是葵继续说了下去，"同时，我还知道一件事，那就是江离和钟会舞一样，都接触到了'五行学说'。"

"那是……"

钟会舞困惑地问道。

"五行学说据传是天帝授予夏禹的一套理论，曾由商纣王的庶兄微子启传授给周武王。传授的内容后来被整理成了《尚书》里的《鸿范》一篇。日后，在《鸿范》的基础上，春秋、战国时代的诸子和本朝经师对五行学说做出了各自的补充，逐渐形成了一套繁琐而宏大的体系。目前，水、火、木、金、土之间的相生相克关系已经是常识了，而它们所对应的方位、季节、颜色、音律、味道、内脏、德行、气象、灾异也渐渐为人所熟知。与本次事件有关的，是其中与'木'相关的部分。木对应的方位是东，对应的季节是春，颜色则是青。'青'这个字有时指蓝色，有时指绿色，有时指黑色，我认为在这个地方应该解作绿色。因为'水'对应的颜色是黑，所以这里的'青'绝不是黑色。而青既然是'木'对应的颜色，树木似乎绝少有蓝色的。因而这里的青解作绿色是最恰当的。"

"可是，於陵姐姐，我……并没有接触过这套学说。"

钟会舞打断了葵的话。

"不，你是接触过的，只是你自己没有意识到罢了。"

"於陵葵,你判断的依据是什么?"露申问道。

"很简单,就是那首《青阳》。《青阳》是十九首《郊祀歌》之一,是描述春季的歌,所以最后一句是'惟春之祺'。《郊祀歌》里还有另外三首对应夏、秋、冬三个季节。对应夏的是《朱明》,对应冬的则是《玄冥》。五行学说里,'火'对应的季节是夏,颜色是红;而'水'对应冬季和黑色。会舞妹妹,我说到这里你应该明白了吧,《郊祀歌》本就是根据五行学说创作的,所以会演唱《郊祀歌》的你在无意之中已经接触了这套学说。而昨天清晨在溪边,你告诉我'这首江离姐也会唱',因而可以知道,江离也接触过五行学说。"

"于是,这到底和江离姐的色觉有什么关系?",

"有关系的。我下面就要论证这个问题了——凡是信仰东君并且接触过五行学说的人,一定会成为红绿色盲。"

"这是什么逻辑!於陵葵,你已经病入膏肓了。"

"够了,请让我说完,如果你有更好的假说,我也愿意听一听,不过我总觉得,以你的智识,根本就推理不出什么结论吧。我现在就回答你的问题,虽然这可能不是个问题。你问我'这是什么逻辑',那么我告诉你,我的想法是这样的——"葵沉吟片刻,继续说道,"这样好了,你先回答我一个问题,然后我再继续。我问你,太阳是什么颜色的?"

"什么?"

"虽然现在看不到,不过你活了这么多年,总是见过太阳的吧。如果连这种问题都回答不了,还是请你早日投水自尽吧。"

"白色的！"露申满是怒气地回答道，想了想又补了一句，"有时是红的……"

"很好，那么，'东君'是一位怎样的神明呢？"

"你只要我回答一个问题，刚刚我也回答你了。现在请允许我保持沉默。"

"东君是太阳神。"葵回答了自己的问题，继续说道，"《九歌·东君》里说祭祀东君要穿青云衣、白霓裳。因为太阳有时看起来是白色的，所以祭祀时穿白霓裳是非常合乎情理的。但是，为什么又要穿青云衣呢？露申不觉得很奇怪吗？

"我想，这是因为屈原受到了五行学说的影响，才会在《九歌》中这样写。这样说你应该明白了吧，'东君'这个名字使屈原联想到了五行学说中的'木'。在五行学说里，木对应东，又对应青色。作为太阳神的东君被赋予了新的颜色——青。

"就此，我做出了这个推论：凡是信仰东君并且接触过五行学说的人，一定无法分辨红、绿二色。

"我猜测，他们在看到太阳的时候，会将它等同为东君，又想到东对应的颜色，所以，在他们眼中太阳会变成青绿色的。继而，他们会将所有红色都看成绿色。钟会舞如此，已故的观江离应该也是这样的吧。"

"不许你侮辱我的姐姐！"露申冲向葵，抓着她的衣襟，将葵抵在墙壁上，"上次要打你的时候，被江离姐阻止了。现在江离姐不在了，已经没有人能阻止我了。於陵葵，如果你现在就从我面前消失，我可以停手。门在那边，你可以等雨停了之后再离开云梦,但是请不要再出现在我的面前。"

"我不能放任凶案继续发生。"

"那么我现在就杀了你。"

"我刚刚已经论证了,观江离和钟会舞都不能分辨红、绿二色。于是让我回到最初的那个假设,"葵无视露申的言辞与两手,继续说道,"凶案发生的时间比我们之前想象得要早,在我和露申经过那片草地之后,观江离与钟会舞走过之前,钟夫人就已经被杀害了。那个时候谷口还没有人监视,凶手可以很轻易地脱身。那么,究竟谁可以杀害钟夫人呢?"

"你在昨天就已经说过了,没有任何人有单独实施犯罪的可能性。那个时候父亲和白先生在一起,母亲和家里的仆人在一起,表兄和表妹在一起,江离姐和若英姐在一起,我和你……啊,的确有人可以作案,这还真是让人意外的凶手呢。哈哈哈哈哈哈哈哈哈哈哈哈哈哈哈哈哈哈哈哈——"

露申如丧失了心智一般,笑了许久。不自觉间松开了抓住葵的衣襟的手。

"果然,被怀疑的又是我吗……"

小休叹道。

"小休没有动机。"葵一边将凌乱的衣襟理好,一边说道,"其实现在我们只要从杀人的动机入手,就可以很轻易地找出凶手了。"

"你又不是凶手,怎么会知道杀人动机?"露申套用《庄子》的句式问道,旋即改口说,"不,我还是认为你就是杀人凶手。所以你把杀害我的亲人的动机告诉大家吧,如果理由够凄美,我们或许会替你留个全尸。"

"现在不是说笑的场合。"

"我不是在说笑。"

"反正我继续讲下去了,露申你好自为之。"葵一脸无奈地说,"其实杀人动机已经摆在我们面前了,只是你对它视而不见罢了。江离的遗言不是说得很清楚了吗——她在临终时说完'这次的祭祀和以往的不同'之后,又说了一句'所以,姑妈才会被杀',也就是说在她看来,杀人事件是因祭祀对象的改变而发生的。"

"所以呢?"

"换言之,此次连续杀人事件的凶手是狂热的东皇太一的信仰者,不能容忍钟夫人她们私自将祭祀对象换成东君,所以才开始杀人。在凶手看来,钟夫人与观江离都是必须被抹杀的异端,是背叛了楚人信仰的人,所以凶手才会杀害他们。同样,参与了计划的钟氏兄妹,也是他准备杀害的对象。那么,谁会拥有这样的动机呢?"

"谁都可能吧。"

"那么我换个问题,白先生和这次祭祀无关,为什么他也被杀害了?还有,他写在地面上的'子衿'到底是什么意思?为什么他不直接写下凶手的姓名?"

"谁知道!"

"露申,我来告诉你吧,白先生是被灭口的,他在钟夫人被杀的时候替某个人做了伪证,所以事后被那个人杀害了。并且,遇害之后他无法写下凶手的姓名,因为即使他写了,我们也很难相信那个人就是凶手，反而可能会怀疑他是为了嫁祸给那个人才自杀的。我说到这里你还不明白吗，凶手是——"

"住口！"

露申其实已经明白了。

"凶手是你的父亲、观氏的家长——观无逸！"

因为震惊，露申一时讲不出什么反驳或咒骂对方的话，只是不目转睛地看着葵。她本来认定葵之前的一系列推理都是胡诌，所以此时无论她给出什么结论，自己都不会在意。可是现在她不得不在意了，毕竟葵指认的凶手偏偏是自己的父亲……

"於陵君，你是认真的吗？"观无逸发话了，"你应该知道在别人家里诬陷主人可能会付出怎样的代价。"

"我对您并没有恶意，只是从种种证据中推出这个结论罢了。"葵镇定地回答道，"只有您有理由杀害白止水，也只有在凶手是您的情况下他才不会直接写下凶手的名字。他写下'子衿'这两个字，就是希望我们能根据这一提示，发现此次祭祀的对象实际上是东君，如此一来，一切谜题也就迎刃而解，真凶的身份也就昭然若揭了。"

"这也太牵强了吧。"露申终于从惊愕中恢复过来，开始反击，"你的全部推理都只是你的妄想罢了。江离姐能不能区分红、绿二色，现在已经无法确认。白先生为什么要写下'子衿'二字，我们可能永远也不会知道了。你总在拿一些死无对证的事情做证据，又怎么能令人信服呢？"

"我从一开始也没有希望令谁信服。我已经说了，我之所以要做出这个推理,只是希望能阻止凶案继续发生罢了。所以即使没有任何证据,我也要将它讲出来。毕竟,这种可能性是存在的,观无逸确实可能是凶手。而根据观江离的遗言,钟氏兄妹现在仍有遇害的危险,所以我希望他们听了我的推理之后,能够对可能是凶手的观无逸提高警惕。我的目的不过如此而已。至于会不会因而得罪这个家的主人,我也不怎么在意了。毕竟,我会尽快离开云梦,这里已经没有什么值得我留恋的东西了。"

露申,你为什么不明白呢,我留在这里只是因为你而已。你这样对我,我只好离开了——葵在心底悲叹道,但是她的心意终究无法传递给她面前的少女。

此刻,露申看着於陵葵的眼睛里,再无别的感情,只有恨意。

其实午后的时候,葵本来是想像平日一样,用自己的拳脚教训一下怠惰的小休,之后再慢慢安慰她,允许她换上干净的衣服,或是帮她清洗沾染了泥污的头发。可是就在那时,小休失去了控制,开始鼓吹那样一套"奴隶道德",结果自己就忍不住下了重手。

葵在心里很希望小休变得更有主见、可以反抗自己。因此,葵才指导她读了《论语》和《孝经》。《孝经》记载了孔子的言论:"故当不义,则子不可以不争于父,臣不可以不争于君。"《论语》里也有"君使臣以礼,臣事君以忠"的说法。葵希望小休可以意识到,自己对她有时过于严苛,那并不合乎礼法,她应该做出适度的抗议。如果她主动求自己不再这样做,葵一定会停手的。

可惜小休即使作为女仆也过于顺从了,连讨饶都不会,更不要说反抗主人了。葵虽然很依赖小休,却很厌恶她无条件的恭顺,因而她越是顺从,葵就越是欺侮她。

只是葵的这些想法,露申是无从知道亦无法理解的。

"於陵君的推测有一定的道理。"枕在钟展诗膝上的若英睁开眼睛,缓缓说道,"观家的祖辈里确实也有无法分辨红、绿二色的人。说起来,会舞,你父亲的色觉应该也异于常人吧?"

"啊……确实是呢。"

"《扁鹊外经》里说,这种颜色认知障碍与血缘有关,往往由父亲传给女儿。但前提是,母亲也是色盲或身上具备了某种产生红绿色盲的'潜气'。这种'潜气'运作的原理我们现在还不是很清楚,但是有一点可以确定,具备这种'潜气'的女性,家族中往往有红绿色盲。因而,从理论上说,若会舞是色盲,则姑妈也有可能是色盲或具备这种'潜气',那么,江离的确有可能无法分别红、绿二色。"

"若英姐,你怎么可以附和这种人的话!"

"不过《扁鹊外经》强调说,女儿若是无法分辨红、绿二色,则其父亲必定也是色盲。所以虽然江离已经不在了,我们仍有办法对她的色觉做出判断。换言之,假使叔父色觉没有障碍,则江离的色觉也一定是正常的。"[①]

若英冷静地陈述道。

"原来如此。看来我在这方面的修养还是差得太远了。不过

[①]《扁鹊外经》已失传,以上内容是笔者根据现代遗传学虚构的。

若英啊，我想你的叔父也无法分辨这两种颜色，因而在行凶之后才没有清理草地上的血迹——他可能根本就没有注意到血迹吧。"

"真的是这样吗？"

葵这时才记起，观无逸在抵达现场之后，刻意绕开了草地上的血迹。她失落地摇了摇头，仿佛是在承认自己的失败。

"看来於陵君终于想起来了。我可以保证，叔父他一定可以分清这两种颜色，因而江离也一定可以。所以你的推论终究不能成立。况且，你的推论都建立在东君与色觉认知障碍的必然联系之上，我已经用《扁鹊外经》攻破你的根据，所以你的推论也就不能成立了。"

"可是，除去血缘之外，这种色觉障碍也可能有其他的诱因吧？你谈的只是生理层面上的问题，而我的根据完全在信仰层面上。若英，你并没有真的驳倒我。"

"是吗？那么这样好了，我们再来找一个信仰东君又同时接触过五行学说的人，看看她会不会出现你所描述的症状。"

"去哪里找呢？"

"於陵君，你好像忘了，在你面前就有一个这样的人啊。我也信仰东君，而且学过古礼，不可能没接触过五行学说。所以这并不是什么死无对证的事情，只要检查我的色觉，就能判断你的这番推理是否成立。"

"……结论呢？"

"我可以分辨这两种颜色。你的推理一定是错误的。"若英回答道，"而且，於陵君，不要说'这里已经没有什么值得我留恋的东西',露申还活着,虽然你们现在交恶了,但也许过几日就能和好。对于我来说,恐怕人世间已经再没有什么值得挂念的人与事了。芰衣姐死了,江离也死了,而我偏偏还活着。露申,我现在其实非常羡慕你,但是你对自己拥有的东西却全然不知道珍惜。这让我非常失望。於陵君,在你们和好之前,我不允许你离开。我从展诗哥那里听说了,姑妈想把露申托付给你。现在这已经是姑妈的遗愿,叔父应该不会再反对了吧?"

"若英姐,你没见她刚刚……"

"我相信於陵君真的没有恶意。露申,不要再任性下去了。我现在很后悔,如果早几年和江离好好相处该多好。现在,一切都来不及了。"

从观若英的语气中可以听出,她的心已经死了。恐怕,她将一病不起,像她的两位表姐一样,死在韶龄。葵深感悲哀,却又自知无力阻止这样的事发生,她掩饰着自己的苦闷,用沉重的呼吸声掩盖叹息。继而,葵又开始担心露申,她害怕露申因为自己的缘故,变得冷漠、猜忌,也怕她自暴自弃地决定未来的事。

但事已至此,葵终究要考虑自己的处境了。

自己真的能一个人安全地离开云梦泽吗?葵看着门外的雨,再度苦恼了起来:没有向导,自己真的能穿越危机四伏的山野抵达都会吗?她有些后悔今天多次逞强说自己将立刻离开这里。

"露申,我走了之后,请你好好照顾小休。"葵郁郁地说道,"我想把她托付给你,我希望她在你身边能变得更像一个普通的人,因为你很普通,恰好是她学习的样本。我也希望她不在身边之后我能有所改变。若英姐姐，谢谢你担心我和露申，但其实，我反倒更担心你。云梦泽对于你来说，满是伤心的记忆，只怕你继续住在这里，难免每日沉浸在悲哀之中，长此以往，你的身体会承受不了。如果可以的话，我想和你一起回长安城。我昨天听江离姐姐说，你和她一直在寻找回避平庸人生的方法。她已经不在了，但是至少，请你完成她的遗愿。在长安那边，或许更有机会完成你们的夙愿。你若不想辜负江离姐姐，就请考虑一下我的提议。不必现在就给我答复。今天已经晚了，我没法动身离开。你若同意，就请收拾好东西，我们明天一早就走。"

——这是葵能想到的最佳方案了。

"小姐，我……"

"小休，你要说什么我心里清楚。今天就再陪我一晚吧。从明天开始，我们再没有主仆关系。请和露申好好相处，我希望你能成为她那样的人。"

"我会考虑一下的，於陵君。江离的梦想自然有人会完成，只怕那个人不是我，而是你。"

若英没有继续说下去，而是再度闭上了眼睛。

"今天多有冒犯，希望诸位不要记恨。江离的事，我非常惋惜。虽然接触的时间不长，但她是我心目中理想的女性，也是我想要成为的那种人。展诗、会舞，还望你们保重，请务必提防凶手。我想说的就这么多了，以后应该不会出现在大家面前了。告辞。"

语罢，葵转身离开厅堂，走进雨幕。小休则紧随其后。

这是她们主仆共度的最后一夜，也是悲剧迈入终章之时。

2

次日清晨，露申在若英身边醒来。

昨晚露申担心若英经不起打击，也不愿她睹物思人，就邀她住进了自己的房间。

"你醒了，今天，要去送於陵君吗？"

若英端坐在露申身边，若有所思地问道。

"若英姐不和她一起走吗？"提及此事，露申的心情很是复杂。她心知继续留在这里对若英没有益处，却又不愿信任葵。"於陵葵曾经跟我说，她的家族经营的是贩卖人口的生意，她本人每年也要把一些少女诱骗到长安城。我当时只觉得是玩笑话，现在看来或许是真的。"

"你为什么这么生於陵君的气？"

"因为我见到了她的本来面目，那天我们入山搜寻白先生归来，她当着我的面殴打小休，下手很重。"

"主仆之间不都是这样吗？也许她们本就有某种默契，只是你不知道罢了。"

"不管怎样说，她都做得太过分了。"

"果真如此吗？"若英以她惯有的缓慢语速说道，"'星有好风，星有好雨'，人的喜好各异，断不能以一己之见去衡量。《吕览》里记了一则故事：'人有大臭者，其亲戚兄弟妻妾知识无能与居者，自苦而居海上。海上人有说其臭者，昼夜随之而弗能去。'露申，假若小休偏偏就喜欢於陵君的那份残忍与嗜虐呢？"

露申听懂了若英讲出的每个词，却无法理解对方的观点。她很清楚，自己头脑健全、平庸且缺乏见解，脑子里只有属于她这个阶层的最低限度的常识。不论是令人舍身的忠义，还是令人互相残杀的恶念，她都以为离自己尚远，不必去理解它们。

与姐姐们不同，露申本就很适合生活在这远离尘嚣的谷地。

如果没有遇到於陵葵的话……

"回答这个问题再简单不过了，我不喜欢如此残忍且嗜虐的於陵葵。仅此而已。所以才要与她绝交。"

"'友直、友谅、友多闻'，她至少算得上'多闻'吧。这一点恰恰是你最欠缺的。不喜读书又没有离开过云梦的你，不该错过这样的朋友。"

"若英姐为什么要这样处心积虑地撮合我们呢？"

"处心积虑吗……我只是怕你后悔罢了。"

"我不会后悔的。"

露申决绝地说。

"等到只剩你孤身一人的时候，就会后悔了。"

"果然，若英姐要和她一起离开吗？"

"我没有那种打算。我会留在云梦，死在云梦。"

这样说着的若英，并没有流露出悲哀的神色。

"那样的话，我就不会孤身一人。以后，我想一直守在若英姐身边。"

听完露申的话，若英展露出了笑容，旋即又变得面无表情。露申心底涌起不祥的预感，担心再也见不到若英的笑容了。

"如果你不愿见於陵君，我一个人去为她送行好了，顺便带小休回来见你。你既然不忍见於陵君虐待她，以后请对她好一些。不过我总觉得小休一定不愿留下来。於陵君这次真的做过头了，她完全是在逼小休反抗自己。她让小休陷入困境：若离开主人，是不忠诚的；若反抗她的命令、执意留在她身边，亦是不忠诚的。小休就这样落入了进退维谷、羝羊触藩的境地，不知道她会怎样选择。"

"我还是和你一起去一趟吧。如果於陵葵能保证以后善待小休，我倒是希望她们的主仆关系能继续维持下去，否则对两个人都很不利。"

"你这不是很为她着想吗？那么，等你洗漱好一起过去吧。"

若英如是提议道，露申应允了。

两名少女披蓑戴笠，向於陵葵的住处走去。

这时雨势稍杀,地面却甚是泥泞。天色不似昨日那般昏暗,想来快要放晴了。只是雾气在谷中弥漫,阻碍着两人的视线。

经过主屋之后,她们又向前走了百余步的距离。

继而,就听到了嘶哑且低沉的哭号声。两人无法判断声音的主人,却听到了小休的名字。到这时,露申已经预感到了前方究竟发生了什么。

她迈开步子,踏过泥泞的地面,奔向声音传来的位置。泥水溅在她的裙襦上,仿若被风吹干的血痕。若英跑在她后面,当过于残酷的一幕映入眼中时,她跌倒在地。露申也无暇顾及受了惊吓的堂姐,因为,她看到了绝望恸哭的葵。

葵枯坐在树下,将已停止呼吸的小休抱在怀中,渐渐无力再哭号。

小休的颈部留有紫红色的勒痕。

一条枲麻撮成的绳索悬在树枝上。绳有拇指粗,绕树枝两周并打结。打结处向下二尺,又有一结,结下呈环套状。环套上的结距地面约六尺五寸。绳索下方是一块长近两尺、宽约一尺、高约六寸的褐色岩石。石块棱角很是分明,远看甚至会让人误以为是一块土砖。

露申根据她所见的人与物,试图还原她到来以前发生在此地的事情:恐怕,小休是自经而死的。她先踩着石头,踮起脚,将绳索系束在树枝上,再把余下的绳子结成一个环套。最后将头伸入环中,踢开石头,让绳索了结自己的生命。葵发现尸体之后,抱住腰部将她从绳套中取下,于是就有了眼前的这一幕。

"葵，小休她……"

露申不知所措地问道。葵却毫无反应，犹自哭着。她的嗓子已经完全喑哑，此刻只是鼠思泣血。若英则蜷缩在露申身后，双手支撑在地面上，深深地低着头，口里念叨着什么，露申也无法听清。

"我们将她搬回屋里吧，总待在这里也不是办法。"

露申提议道，仍得不到葵的回应。

"葵！请你振作些！"

她从一旁晃动於陵葵的肩膀，小休的尸体也随之摇动着。

"全部都是我的错。我以为她这次也会服从我，结果却是这样。"

恐怕，小休是因为昨日葵的那道命令才寻死的。葵执意要断绝与她的关系，命她留在云梦。小休却不愿离开主人，又无法让葵收回成命，结果选择了这种方式，以示抗议。

如此说来，葵果然低估了小休的决心。

"葵，你在说什么啊，现在不是讲这种话的时候！"

"露申，那么全都拜托你了。"

葵将小休的尸体托付与露申，自己起身走向那条绳索。

"你在做什么？"

"这次是真的诀别。"

葵将石头搬到绳索正下方，登上它，两手扶着绳索，向露申落寞地笑着，如是说道。此刻葵的眼中不再有泪，剩下的只是死的决心而已。露申心知她是认真的，可是双臂抱着小休的尸身，一时无法放开手，就求助于若英——

"若英姐，帮我阻止她！"

若英自蹲踞的姿势起跑奔向葵，却始终没有抬起头，一直注视着地面。她跪倒在葵面前，抱住葵的两腿。

"於陵君，请不要动这种念头。死去的人已经够多了。

"小葵，我问你你想成为怎样的人的时候，你不是说过吗，你会做给我看，用行动来回答我的问题。可是你现在又在做什么呢？难道说你的答案其实是'我只想做个死人而已'吗？你已经让我很失望了，请不要再做出更让我失望的事来，因为我一直看着你……小休的魂灵此刻也在看着你！"

"我想死在她面前，难道你们连这个愿望也不能成全我？"葵以嘶哑至极的声音说道，"这是我有生以来第一次动这种念头，第一次觉得自己这种人死掉更好。小休是我杀的，不，确切地说，所有人都是我杀的。露申，我这样说你就满意了吧。若英姐，江离姐的死也是我的错。所以，所以，请放开我，我没有被你们拯救的资格。"

"那不是你的错，於陵君，我根本没法责怪你。何况，江离的愿望只能托付给你了。"

"果然，若英，你全都知道。"

"是啊，我全都知道。所以……"

说到这里，若英闭上双眼，痉挛着起身，拼尽全身气力将葵扑倒在地上。若英垂落的乱发覆住了葵的面颊。葵的后脑和发丝都陷在泥土里。若英至此终于睁开了眼睛，握着葵的两手将她扶起，又用自己的衣袖拭去葵脸上的泪水和头发上的污泥。

"於陵君，请不要辜负……"

若英在葵耳边说道，因为雨声的关系，露申没有听到后面的话。待若英讲完，葵黯然领首，仿佛是重新接受了污秽、闇昧且毫无希望可言的人世。葵在若英的搀扶下起身，蹒跚地走向露申。

此时的露申，震愕于葵刚刚的话，不知该如何面对她。

假若真如她刚刚所讲的那样，她是杀害我的亲人的凶手，我或许不该救她——露申的心底酝酿着近乎悔恨的情绪。当然，她心知自己无法坐视葵在自己面前死去，即使她真的做了那般不可宽恕的事情。

结果，露申抱着小休的尸体，艰难地走向葵的住处。因为缺乏气力，露申只得任小休的两脚拖在地上、划出一道痕迹来。

葵也知道自己的话令露申陷入了混乱，就不再说什么，缓步跟在后面。

若英则走在葵的身边。

进入室内之后，露申将小休的尸体陈放在地，除去雨衣，跪坐在一旁。她注意到，小休的舌头伸出牙齿，与嘴唇齐。下身有矢溺流出，弄脏了衣物。露申打算清洗小休的遗体。她褪下小休的衣物，翻过她的身体，继而就看到了衣物之下的道道鞭痕。

鞭痕交错，密布在小休的脊背、臀部与大腿上，却没有一鞭打破她的皮肤。

显然，从这娴熟的鞭打技术也可以判断出，这都是於陵葵的杰作。

露申还觉察到，这些伤痕青肿未消，似乎是昨日刚刚留下的新伤。同时，小休的身体弥散着药剂的气味，似乎於陵葵对她施加鞭打之后，又为她涂上了伤药。

"葵，你昨晚是不是又打了小休？"

露申厉色问道，但於陵葵没有作答。

"莫非是你逼死了她？刚刚那副痛不欲生的样子莫非都是你的演技？"

没有回应。

"为什么说所有人都是你杀的？你到底做了什么？你来到云梦泽，目的究竟是什么？我的家族与你到底有过什么恩怨，为什么要破坏我的日常生活——不，你已经摧毁了我所生活的世界……"

面对默不作声的葵，露申再也无法压抑自己的怒火。她抄起葵前日置在案上的书刀，起身走向葵。她并没有伤害葵的打算，只是希望藉助这把微不足道的"兵器"令葵开口罢了。可是就在这时，她耳边传来了一声——

"不要过来！"

起初露申以为这是葵的叫喊声。但是她眼中的葵的面部纹丝未动，嘴唇始终合拢着。她将视线投向葵身边的若英。只见若英紧闭两眼，将头深埋在胸前，两手抵在额头两侧，声嘶力竭地喊道——

"露申，放下它！"

"若英姐，我……"

"不要做不可挽回的事情!"

若英的话音俨然已是悲鸣。露申从未见过如此动气的堂姐,因而认识到了事情的严重性,她知趣地将书刀放归原位,重新坐好。

"说起来,两天前我还在和小葵说笑打闹,现在想想真是不可思议。为什么事情会变成现在这个样子?有生以来第一次交到朋友,我真的很开心,甚至认为可以和她一起做许多以前想都不敢想的事情,去许多我不曾听闻的地方。我也一度以为自己的人生会因她而改变,一个一度被遮蔽的世界会因她而向我敞开。但是现在,这些想法不仅都被证明是可笑的,亦被证明是可耻的。这一切都是你的错,都是因为你,於陵葵,如果没有遇到你就好了,如果你没有来云梦就好了,如果你从一开始就不存在于世上、从未出生就好了,那样的话,也就不会有人变得不幸……"

"我也是这样认为的。'知我如此,不如无生'。"

葵自嘲地说道,又自嘲地笑了。

"'知我如此,不如无生'。"

若英又将葵的这句话重复了一遍。露申并不知道这是《诗经》里的句子,但她确实体会到了其中的情绪。长久以来,露申都抱持着一种对自己的厌恶活在世上,每当父亲拿自己与姐姐们比较,她就会涌起那种感情:愿自己从未出生。可是,现在她明白了,即使论自我厌恶,她也远无法与此刻在她面前的於陵葵相提并论。

毕竟,刚刚露申也见到了,葵真的动了寻死的念头。

刚才若英姐到底对葵说了什么?露申想知道,却没有发问。她还是更在意葵之前说的那些话。

"露申，去向叔父通报一下小休的事情吧。我希望我们能为於陵君提供一具棺椁。若於陵君不愿将她的遗体送回长安下葬，或许我们可以把她葬在云梦。"

"或许这样也好。"葵叹道，移步到小休身旁，毗邻露申而坐，"对不起，如果我能早些发现的话……"

"那么於陵君，因为小休的死，那件事的真相你也已经全部明白了吧？"

若英问道。

"是啊，我也全都知道了。"

"我想和你谈一谈。谈些有关罪与罚的事情，谈我和江离的约定，谈论巫女、死亡与神明。如果你不介意的话，我也想听听你的想法。我原本以为最先死去的人会是我，可是现在的结果实在出乎我的预料。芰衣姐、姑妈、白先生、江离，包括小休，他们都是应该活下去的人，反倒是我，不知道为了什么才活到今日。我想，恐怕，最初是为了不让芰衣姐伤心，后来是为了江离，结果渐渐产生了惰性，始终不能下决心。露申，这样说或许你会生气吧，有些话我不大想让你听到，希望你能回避一下。"

"我明白。"

露申说着便起身走向房门，心底泛起一阵酸楚。

"我会尽快讲完的，你也速去速回吧。"

"我觉得应该让露申也知道……"

於陵葵如是说，若英却摇了摇头。

"该告诉她的事情，我会亲口对她说的。但是我一次不能应对那么多听众。而且我也担心露申在场，於陵君无法讲出自己的真实想法。你这个人过于温柔了，又太笨拙，其实一直都不想伤害谁，但到最后总是事与愿违。"

若英的话音仍回荡在房间里，露申却已走入雨幕之中。她无法理解堂姐的话，在她看来，葵是残酷而精明的，断断称不上温柔、笨拙。

为什么整个世界都站在葵那边？为什么姑妈也好、江离姐也好、若英姐也好，都如此信任这个不该被信任的人？为什么，我就不行呢？露申才走出十数步，就被种种阴郁的念想击溃了。

她强迫自己相信，葵才是潜藏在种种惨剧背后的真凶。

3

将小休的死讯通报给父亲之后，露申返回葵居住的院子。若英见她出现在门口，就招呼她坐下，告诉她私密的话已讲完了。

"现在我在和於陵君谈论关于巫女的话题。露申也参与过祭祀，不妨发表些自己的看法吧。"

"小休尸骨未寒，遗体就摆在面前，我不忍谈论这种不着边际的事情。"

露申毫不婉转地拒绝道。

"小休若活着，应该也会很好奇她的主人将提出怎样的观点。所以，我觉得在她面前讨论也并没有什么不妥。"

"我也是这样认为的。"

葵紧锁着眉头附和着。

"那么,请允许我保持沉默。我这种人没有被称为'巫女'的资格,所以也没什么好讲的。"

"论资格的话,我也没有。"葵说道,"仅仅因为是长女,就被称作'巫儿',这实在是没道理的事情。我根本就不想担负家族祭祀的重任,但是天生就必须担负它,于是勉强自己学习了许多儒家关于祭祀的理论,也掌握了一些具体礼仪。但这都是父辈强加给我的。"

"对我而言也是如此吧。当然,我并没有因此而被剥夺太多东西,不像於陵君……不过我们也因为这层身份而获得了许多旁人无法触及的'权力',不是吗?"

"那是怎样的权力呢?是逃避种种杂事牵累的权力,还是沟通神明的权力?"

"我们都受到了礼、乐方面的教育,这就是一种权力吧。"

"受到教育的权力……吗?"

"女孩子嘛,若生在倡家,可能会被教以音乐、舞蹈的技艺;若生在经师家,可能会学习《诗》与《礼》。但能兼有这两者的,恐怕就只有我们这样的巫女了。"

"但我听说若英姐姐的童年不怎么开心。"

"我或许根本就不曾有过童年。从记事开始,就过着刚日学礼、柔日习乐的生活。而且父亲对我很严厉,记诵也好、演奏也罢,稍有讹误就会动手打我。不过我刚刚也说了,这都是为了获得权力而必须付出的代价。况且小的时候懵然无知,若是嬉闹度日,现在也不会留下什么记忆,只是浪费人生罢了。我倒是颇为怀念那种辛苦而时有疼痛的日子。"

"我的情况要好一些。因为我很早就发现了，我的人生不是自己的，我不论做什么，都只是在不断响应别人的期待而已。身为长女、'巫儿'，父辈对我的期待险些把我逼死。不过，我发现了应对的办法，或者说，我想了一个'夺回'自己人生的办法。"

"於陵君是怎样做的？"

"只要把所有事都做得超出他们的期待就好了。那么超出的那部分，就是我自己的人生。尽管很长一段时间，我被允许做的事情非常有限，但是做到哪种程度却由我自己决定，那是近乎无限的。"

"这还真是我辈无法理解的、积极过头的人生观。"

"不过后来我发现即使这样做了，仍会觉得空虚、缺失，仍觉得自己的欲望无法被填满。我发现自己感到空虚的原因不是可做的事太少，而是供我活动的空间太小了。所以在十五岁生日的时候，我向父亲提出了愿望——"

"旅行吗？"

"嗯，跟随自家的商队旅行。"

"你的出身还真是令人羡慕啊。"

"论出身，我倒是很羡慕若英姐姐，有值得称道的祖先，可以学习秘不示人的楚地古礼，而且从小就能接触到许多战国时代流传下来的礼器。我不惜千里跋涉到云梦，为的只是见识这些东西，而这些都是若英姐姐从小耳濡目染的。"

"但这也意味着一直被束缚在这片土地上。"若英叹道，"其实我已经没法离开云梦了。我总觉得,这个家族传到我这一代,也该到它的尽头了。其实说到底,用不了多少年,巫女这种职业也会绝迹吧。"

"那倒不会。因为巫女本就有两种。一种是参与祭祀的,在祭祀前采集香草、斋戒沐浴,祭祀时演出乐舞,向神明献上供奉。另一种巫女,则流落在民间,出没于市集上,为人占卜、祛病、招魂,并收取费用养活自己。将会绝迹的只是前一种巫女罢了。后一种巫女可以自力更生,从普通百姓到达官贵人都离不开她们,应该可以一直存在下去,直到神明遗弃人类的那天。"

"我以前想过,自己会不会沦为后一种巫女,所以涉猎了一些医书。现在想想果然是我多虑了。我听说於陵君很擅长占卜……"

"他日若家道中落,我就去市集上做个卖卜人。"

"不过我今天想和你讨论的,是第一种巫女——当然,我们现在就是这样的巫女。於陵君认为,身为巫女必须做的事情是什么?"

"果然还是要'神道设教'吧,这是巫女的本职。不过在提出我的看法之前,我想先听听若英姐姐的观点。"

"我认为巫女发挥其作用的地方不在天人之间,而在世俗世界。"若英正色道,"巫女应代替神明行使世俗的权力。许多人在论证政教关系的时候援引我的先人观射父的说法,认为他的意思是建立政教合一的国家,具体方式是世俗权力控制宗教权力。但是我总觉得,这样的解释或许根本是一种误读。於陵君在宴会上的解读也未必符合观射父的原意。你也引用了那句最重要的话，'颛顼受之，乃命南正重司天以属神，命火正黎司地以属民，使复旧常，无相侵渎'，但是你后面的解释或许犯了个很严重的错误。其实你也讲到了，'楚国建立的根基不是武力，而是巫术。由此可知，这时的楚王，既是世俗的王，又是地位最尊崇的巫者'。这个观点我认为是比较接近事实的，但是为什么你没有用这个思路去理解观射父的那句话呢？於陵君，我说到这里你应该明白我的意思了吧，颛顼在这里扮演的角色可能并非世俗的帝王，恰恰相反，他——"

"你是说，他同时也是最高的巫者，对吗？"

"正是。我的想法是，颛顼的世俗权力实际上来自他的宗教权力。因为他身为最高的巫者，开创了'绝地天通'的国家神道，所以才成了世俗的统治者，掌握了统辖万民、建立帝统的权力。上古的帝王无不如此，直到殷商仍是这样。我们平日总说'殷人信鬼'，其实这是一种误解，在殷商时代，王者仍兼有巫者的身份。楚是商末周初建立起来的，所以建国之初风俗仍是如此。只是周代以降，情况发生了变化。周武王用武力击败殷人，殷人不服，周初多有叛乱。所以周武王将亲族分封到殷商故地，令他们握重兵监管殷商遗民，自此建立了新的封建制度，世俗权力渐渐集中到了武人手中。军事贵族将巫者养在家里，使之成为他们的下臣。我认为这是一种绝对错误的制度，周王室东迁之后的乱世和秦的暴政都由此产生。如果要拨乱世反之正，我认为最好的办法不是改正朔、易服色，也不在于信用儒生，而是应该重建一个巫者政权,让世俗权力重新掌握在巫者手中。"

"若英姐姐的野心竟然在这种地方……"

"周初,周公制礼作乐,建立了以军事贵族为主导的新制度,破坏了殷商政教合一的传统。五百年之后,孔子删《诗》《书》,作《春秋》,损益夏、商、周三代的制度,试图设计一种万世不变的新制度,后儒将他的理念写定成《王制》一篇。可是这种政治蓝图在我看来,仍是对周公所建立的制度的小修小补罢了。又过了五百年,周的制度土崩瓦解,暴秦短祚,汉兴百余年却沿袭了秦政之弊。结果延及今上,兴兵讨匈奴,穷兵黩武,令国家疲敝不堪;又行封禅之礼,信用术士,种种求仙问鬼的做法可笑之极,可是他仍乐此不疲,不知其非,亦不觉得耻辱。在我看来,这个国家已经走到了败亡的边缘,不革新不行了。儒家不是讲究'质'和'文'的对立吗?我听说儒者称殷商为'质家',称周为'文家',认为'质'与'文'这两种时代精神在不断交替。那么,我们可以将现在这个时代视为'文'的末世。要拯救'文'的末世的种种弊病,应该重新采用'质家'的制度,令政教合一、巫者掌权。从周公到我,恰好一千年的时间,这一千年是他建立的制度、教化畅行天下的时代,而自此开始,我们要建立属于巫者的千年王国。"

"身为巫女,我很希望这样的制度能够实现。但是我们巫者又要怎样对抗整个国家呢?如果是男性巫者,或许还可以想办法进入仕途,最终……"葵不忍讲出"兴兵谋反"四字,就停顿片刻,继续说了下去,"按照现在的制度,我们这些巫女恐怕终此一生也掌握不了什么世俗权力。若英姐姐，你的这些想法究竟要怎样遂行呢？"

"女子想要介入世俗权力，大概只有一种途径吧。我和江离曾经讨论过，最终也没有想出其他办法。"

"你是说……"

"嗯，我认为身为巫女，应该有以自己的身体侍奉君王的觉悟。"

"果然是这样。"葵叹道，"江离姐姐潜心钻研音乐，也是为了这个目的吧？"

"正是。因为卫皇后、李夫人都是因音乐而得幸的，所以她认为这种方法值得一试。这是我们共同的理想，可惜现在只剩我一人，怕是无法实践它了。"

"如果和我一起回长安，或许还有机会。"

"已经太迟了。没有她的支持，我什么也做不了。我只是一个沉溺于妄想的人，连最低限度的行动能力都没有。更何况，我们生的时机实在不好，今上老鳌，太子强盛，我们原来的考虑是一人入掖庭，一人入东宫，这样成功的概率会稍大一些。虽然我也知道，抱着改变国家的理想进入后宫，在旁人看来一定是极可笑且自不量力的行为。"

"你把自己的想法毫无保留地告诉了我，我却不能为你做什么，感觉很不甘心。"

"那么，於陵君也把自己的想法毫无保留地告诉我就可以了。毕竟，事到如今我也不可能再帮你做什么。"

"请不要说得这样感伤，这几天来，悲伤的事情已经够多了。听了若英姐姐的说法，我突然觉得自己实在是固陋的，我的想法也没有讲出来弄脏别人耳朵的价值。不过若不在这里讲出来，可能以后也不会有机会对谁说起。"

说着，葵瞥向坐在门口的露申，只见她垂头注视着地面，似乎并不在意两人的对话。但葵知道：若英的许多话其实是要讲给露申听的。

"对于世俗权力，我这个人没有什么野心。我总觉得就算倾尽全部的心血与年华去追求权力，最后仍将徒劳无功。王侯将相最终都不过是一抔黄土罢了，所以我宁愿反过头来观照自身。"

"'自身'是指？"

"就是自己所能达到的境界。我追求的一种状态是：让天人之间、古今之间、彼我之间的差异在自己这里完全消泯掉。"

"稍稍有些费解，请你务必解释一下。我听说'朝闻道，夕死可矣'，现在虽然已经不是早上，我却很可能活不到傍晚了。"

"不要说这么不吉利的话，若英姐姐会活下去的。虽然，死与生本就只是一线之隔，死本不该是可怖的事情。但你的志向在现世、在世俗，这种理想一旦死了就永远无法完成了。而我追求的东西，在死后可能更容易得到。"

"这世上竟有死后更容易获得的东西吗？"

"这世上自然不会有。《庄子》里讲过一个故事，丽姬是艾地典守封疆的官员的女儿，被晋国迎娶的时候，她哭得涕泣沾襟。结果到了晋王身边，与王一起睡安稳的床，吃鲜美的肉，就又后悔了起来，觉得自己当初不该哭泣。也就是说，贪生怕死或许只是一种偏见罢了，死很有可能比生更好，到时候我们也会像故事里的那个女孩子一样嘲笑当日的自己。"

"我以为於陵君的根柢全在儒学，想不到也赞同道家的学说。"

"'天下一致而百虑，同归而殊涂'，诸子百家讲述的道理其实都是一样的。儒家的礼书里也说过，'众生必死，死必归土'，这就是鬼。'骨肉毙于下'，在地里腐烂，化为野土。'其气发扬于上'，化为昭明可见的光影，散发可以嗅到的气味，使人凄怆。这就是生物的精气，是神明的具体表现。这是在解释鬼神的原理，而儒者制定的种种祭祀，也都以此为理论基础。在儒家看来，死也不是什么可怖的事情，只要子孙争气，宗庙不隳，死者就可以一直享有祭祀时子孙献上的种种牺牲。"

"因此，於陵君认为死比生更好吗？"

"我倒也不会那样认为。因为人在活着的时候有必须做的事情，例如刚刚说的庙享的问题。如果人在活着的时候不好好经营产业、处理事务，导致家族衰败，子孙无法维持宗庙的祭祀，死后就无法享受后代供奉的东西了。但是，我所追求的并不是这些，而是与神明同在。"

"神……明？"

"嗯，按照我刚刚援引的那则材料的说法，人死后'其气发扬于上'。如此说来，死后魂灵是居于天上的，那么，也就与神明同在了。"

"说起来，许多我们供奉的神明，生前都是圣王、名臣，死后才成为神。"

"是啊。我们生活在一个信仰混乱的时代，上古三代和本朝的神系叠加在一起，让人摸不着头脑。不过我相信所有神明是一体的，人死之后，魂灵全部归于其中——就像是海水吸纳了所有涓流。"

"我不是很明白你的意思。"

"和先儒的理解有一些差异。我认为，人死之后不存在个体的灵魂，经过一段旅途之后，灵魂会升入天空，融进之前全部死者的灵魂汇聚而成的一个'总体'之中。在那里，自我与他人的界限会被消除，古人与今人的区别也不复存在。消融在那里，就意味着你成为所有人，所有人亦成为你。"

"你说得太玄妙，我实在难以想象。"

"我刚刚已讲到，我试图消泯天人之间、古今之间、彼我之间的差异，而在我看来，能做到这一点的，就只有死亡而已。死后魂灵上升，就消泯了天人之间的差异。全部死者灵魂融合为一，则消泯了古今之间、彼我之间的差异。人在活着的时候不断追求却无法抵达的境界，其实一死就马上可以到达。"

"照你这样说，活着又是为了什么呢？"

"人世是充满苦难的，每个人活着都难免要经受种种痛苦。所以我认为生的意义也在于此。"

"为了苦难？"

"不，生的意义在于通过你的努力，减轻自己的痛苦，也减轻别人的痛苦，将所有人遭受的苦难之总和降到最低。"

"这要如何做到呢？"

"这需要若英姐姐这样充满现世关怀的人去努力。"

"那么於陵君认为自己要做的事情又是什么呢？"

"寻找一种使人在活着的时候就达到死亡状态的方式，并且将这种方法教与他人。此外，劝说别人坦然地接受不可回避的死。"

"何以谓之'在活着的时候就达到死亡状态'？"

"很简单，死亡意味着肉体与灵魂的分离，'骨肉毙于下'、'其气发扬于上'。也就是说，人之所以在生前不能得到解脱，不能消泯种种界限，其实都是因为肉体的束缚。'吾之大患，在吾有身'，斯之谓也。所以我在想，有没有什么办法可以让人的灵魂在生前就尽可能地游离于肉体之外。后来我想到了。若英姐姐有没有这种经历：在执礼或奏乐时因为过于投入，而仿佛失去了自我？或者是在冥想的时候与神明、古人交流……"

"有过，但那是转瞬即逝的体验。"

"那就是我追求的虽生犹死的境界。如果能运用某种技术或通过服食药物让自己长时间地陷入这种状态便好了。只要发现了这种方法，我一定会将它传播给世人，让所有人都能体会到甜蜜的死亡。"

"於陵君是因为有过类似的体验，才悟出了这样一套'死之哲学'吗？"

"是啊，"葵深深地颔首，"十四岁的时候，我从马背上摔了下来，全身的骨头几乎都碎了，一息尚存地昏睡了两个月才醒过来。当时我显然落进了生与死的狭缝之间，却并不觉得痛苦——

相对于醒来之后立刻感受到的剧痛,我所梦游的华胥之国简直是极乐之地。在梦中,我有许多难以言说的体验,但正是因为无法用语言表达,时间久了,梦的内容也就渐渐模糊了。可是当我忘我地做某件事的时候,那种熟悉的感觉还会再现——像是平躺在湖底,却又能畅快地呼吸,可以看到投射在湖面的阳光随波摇曳,时而还有落进湖里的花瓣因为浸满了水分而沉落下来、一直飘到我眼前。在我的耳边,时常会响起古代贤者的低语,颂唱着经书上的词句,也有些是我从不曾读到过,或许并没有流传下来的教诲。直到我听到了那句'朝闻道,夕死可矣',才恍然领悟自己可能已经死去了,此时身处的正是死者的国度。渐渐地,我感觉自己的身体在消失,化为萤火虫一般的光晕,一点一点溶解在湖水里。恐怕,那片湖水正是由先贤们的魂灵汇聚成的吧!"

说到这里,葵闭上眼睛深吸了一口气。

"我最终还是醒了,这很可惜,但也无妨。反正总有一天,我还会回到那里,去和古人融为一体。而在此之前,我应该把自己的体验和从中悟出的道理散布到世间,让世人不再恐惧死亡。这就是我的'神道设教'。我对《易》里面的这句话有自己的解释,这个解释或许不能为别人所接受,但我会实践它——"

"愿闻其详。"

"建立自己的教派,制定自己的教义,吸纳信奉自己的教徒,最终对天下施行自己的教化,是以谓之'神道设教'!以上就是我对巫女之职责的理解。"

"那么,具体要怎么做才能达成'神道设教'的目的呢?我觉得，这似乎比我之前想做的事情更难施行。因为我要做的事只要手握权力便可做到，而你试图让别人信仰自己。"

"只有一种方法，那就是写作。这是女子也可以做的事情……若英姐姐知道《尚书》的传承史吗？"

"略有耳闻。始皇焚书的时候把天下的《尚书》都烧尽了。汉兴，文帝派晁错到秦代的博士伏生那里学习《尚书》，最终写定成现在我们看到的二十九篇。"

"但是，我曾听伏生的再传弟子、已故的御史大夫倪宽先生说，当时实际教晁错《尚书》的人，并不是已九十余岁的伏生本人，而是他的女儿。如此说来，伏生的女儿对我朝经学的贡献是无可估量的，但她终究隐藏在历史的暗部而不为人所知，事迹也湮没无闻。这件事对我触动很大，我明白了一个很浅显的道理：若一定要在虚名与实际的功业之间做出取舍的话，我还是会选择后者。《左氏春秋》里有所谓'三不朽'，即'立德、立言、立功'。我其实也不怎么相信这个说法。因为我读到许多儒家的礼书都撰者不详，但是这些著作确实对后世有着无可估量的影响。所以，只要写下著作，任其匿名流传，虽然不能享有永不凋谢的声名，却足以完成我的夙愿了。"

"我想起来了，《周易》的原文是'圣人以神道设教而天下服矣'，主语是圣人而非巫女。所以於陵君，你所追求的事情恐怕不是一介巫女所能完成的。"

"参与祭祀、奏乐起舞的巫女，只是一时一世的巫女罢了，而我想成为的，是永恒之巫女。儒家称孔子为'素王'，因为他没有得到王者的地位,却为后世制定了王者之法。我想做的事情也是如此,即使我无法再参与祭祀,不能起舞,老去、死亡,声名湮没,只要我拟定的'法'还存在,只要我向我的时代与未来的全部时代许下的'愿'还存在,只要我向世界推行的'教'亦未灭,只要我的著作仍有人在阅读,我就是在神前跳着永不终结的舞蹈的永恒之巫女。以上就是我的愿望、我的野心和我可能犯下的罪孽。"

——道穷诗亦尽,愿在世无绝。

若英听罢,长叹一声。露申亦为之震撼,头上渗出羞赧的汗珠。她从葵的话语里感到了真诚,尽管她仍不愿接受葵这个人。

"葵,你是个伪善的人。"露申强迫自己这样说道,"你说要降低所有人的痛苦,但你所做的只是伤害别人罢了。至少,如果你不那样说,小休应该也不会死。"

"在我自己的罪证面前,露申,我无法反驳你的话。的确,如果我当时没有讲那些话,小休就不会死。"

葵看着小休的尸身,神情晦暗地说。露申根据她的回答,确认了自己心里的假说:小休是因为葵命令她离开自己才自杀的。

"你明白就好。不论你以后如何,我希望你永远不要忘记今天的心情。"

"我怎么会忘记呢,这些体验都已经成为我的创伤了。唯有这样,我才会觉得,所有的人并不是白白牺牲……"

"你到底在说什么?我听不懂。"

"有些事我不希望你知道,但是如果你一再追问下去,我也只好向你坦白——"

就在这时,坐在葵身边的观若英起身了。

"露申,我有一个想去的地方。"

若英说道。葵明白她是为了打断自己的话才这样说的,所以没再讲下去。

"若英姐,我累了,哪里也不想去。"

"我也有些话想单独对你说,而且我觉得,只有在那里才能把事情讲清楚。这可能是我最后一次任性了,希望你能成全我。"

"若英姐也知道,我一直不擅长拒绝别人……但我还是想问一下,若英姐想去的地方是?"

"旧居——还记得吗?我从小生长的地方,也是我的父母兄弟殒命之地。"

若英的答案令露申震愕,亦令她不安。她心知必须在那里讲述的一定是令人悲伤的话题。近来自己接连遭受打击,恐怕身心都已在崩溃的边缘。露申还不知道,若英要讲述的事情将带给她的情绪,绝非只是悲伤而已。

从结果来看,露申那颗单纯无垢的心,在蒙尘之前,就已经彻底碎裂了。

4

"若英姐,到底是什么事……"

露申与若英站在旧居破败的院门前。其时雨歇云散,久违的一轮白日已迫近西山。院中兔葵燕麦,向斜阳,欲与人齐。青苔爬满院门,茅草堆成的悬山形门檐上开着白色的无名之花。左边的门扉已倒向院子内侧,右边的却无法推开。虽不情愿,两人还是踏过躺在地面上的半扇门,进入院中。

这里被废弃后的第二个夏日,院子里的那株巨树被落雷击中,枝叶都焚毁了,只剩焦枯的主干仍立在那里,时而供昏鸦歇脚。那次火灾也将主屋烧去了半边。大约是后来下起了雨的缘故,剩下的半间主屋才未被祝融撷去。

此时葵正在做什么呢?露申心里闪过这样一个念头,却旋即被自己扑灭了。虽然她也很担心葵，知道她与小休的尸体独处一室，恐怕是极端痛苦的，可是在她眼前的观若英正站在痛失全部至亲的场所。

"关于父兄的死，露申是怎么看的？"

"我一点儿也不擅长思考这种事情。不过之前我把案情告诉葵之后，她倒是说了几种可能性。"

"她是怎么说的呢？"

"不用管那种人的看法了。我推想是这样的，若英姐被关在仓库的时候，雪还未停，凶手已经到了院子里，若英姐逃走之后，他杀害了伯父、伯母和堂兄、堂弟，而在苤衣姐来到这边的时候，凶手仍在院子里，只是躲了起来……"

"这不合理，为什么凶手没有将苤衣姐一并杀害呢？露申果然太善良了，所以才看不穿真相。"

"葵倒是假设了两种家人自相残杀的可能性，但是我觉得那过于荒诞了。而且不管是哪种说法，到最后都会剩下一些她无法解释的线索。"

露申这样说着，却蓦地想起近几日发生的凶案也极可能是她的亲族相互杀戮的结果，不由黯然。可是即便如此，她也无法怀疑苤衣与若英。

晚风吹动春草，暮影渐渐吞噬着院落。

"现在她已经洞彻了真相，露申却还什么也不知道。对于这件事，江离是知情的，我很早以前就告诉她了。出乎我的预料，对此她没怎么挣扎便接受了。我本以为我会死在她前面，她会在我死后将一切告诉你。如此一来,你就不会为我的死感到悲伤了。"

"若英姐,你在说什么啊,我怎么可能……"

"现在,这世上只有於陵君和我知道这件事,但是我想你现在未必相信她说的话,所以还是由我亲口告诉你比较好。"

"我不想听。若英姐,风很冷,我想回去了。"

其实,露申感到的寒意并不来自晚风。

"这件事情也不必再告诉谁了,不过若展诗哥和会舞问起,告诉他们也无妨。露申,我一直很羡慕你,想成为你这样的人。我也很想成为无逸叔父的孩子,想离开那个压抑的家庭。你明白我的意思吧。我在父亲身边感受不到爱,他对我倾注的东西只有一件,那就是'使命感'。身为巫女的使命感、身为观氏后人的使命感,以及,最重要的是,身为他的女儿的使命感,这些观念对我来说过于沉重了,仿佛是背负了一个绵延数百年的家族的命运,我实在担当不起。可是,一旦懈怠,就会被他用鞭子驱赶。你明白吗,与其做轮前、鞭下的骐骥,我倒是宁愿做一匹不受束缚的驽马。"

"这不是若英姐的本心!我所知道的若英姐……"

更加拼命,更加勤勉,发愤忘食,有澄清天下之志——可是这些话,露申已讲不出口,因为某个预感压在她的咽喉处。

"我的本心你不会明白的。露申,我一直很讨厌你,讨厌你这种饱食终日,无所用心,却又不会被苛责的人。为什么我已经那样拼命地迎合父亲的期待,却从来没有得到过他的赞许,一次也没有。如果得到赞许的话,或许我就会认为以往的事情已经告一段落，我达到了父亲此前对我的预期，自此开始我将为新的目标而努力。可是，因为一直得不到肯定，我才觉得，我做的所有事都是徒劳的、错谬的，我才觉得手足无措，觉得自己永远也无法回应父亲的期待。所以我才……"

"若英姐，'往者不可谏'，过去的事情就不要再提了。"

露申这样说着，却无法阻止若英讲出下面的话。

"……所以我才会犯下弑父的罪行。"

若英说道。

盘旋在天际的暮鸦也啁哳地附和着。

此时露申脑内一片空白。与其说怀疑，毋宁说她根本就无法理解若英的话。

若英姐……

怎么会……

犯下……

弑父的……

罪行……

露申已无法将散乱的思绪缀连在一起。尽管葵已经猜到了这种可能性，且数天前就已说给露申听过；尽管从若英提议前往此处时开始，露申就已经预感到了什么——此刻若英的话仍将她击溃了。

只是为了那种理由就犯下了那样的罪？露申无法理解站在她身边的、与她朝夕相处了十数年的少女。让露申感到恐惧的是，这种解释十分合理，较她之前给出的推测要合理许多，她一时找不到反驳的话，亦想不出追问下去的问题。

"只要杀死父亲，我就可以被无逸叔父收养，过上我想要的生活——这就是我的目的。我就是为了这样微不足道的理由，杀害了自己的父母、兄弟。露申，我也没有想到，自己可以对六岁的弟弟下得了手。连这种事都做得出来的我，大概已经没有被称为人的资格了吧。露申，我这样的人……不，我这样的怪物不配被你称为'姐姐'。以后也不必再称呼我了，请不要再与我讲话，请你无视我的存在，即使我死了也请装作毫不知情——你应该做得到吧？"

"我怎么可能……做得到！"露申泣道，"若英姐这样说，我只会愈发同情你罢了，也愈发不能原谅把你逼上这条绝路的伯父，不能原谅坐视你被折磨却没有出面阻止的伯母，还有明明比你年长却不能保护你的堂兄……"

"但是，我还杀害了只有六岁的弟弟，对于这条罪孽，你我都找不出任何开脱的理由。他是全然无辜的，但我还是杀害了他。他只是个无知的孩子，一个无辜的孩子，我甚至不知道他能不能理解发生在他眼前的惨剧。但是，为了彻底抹杀自己的罪证，我还是杀害了他，用利刃划过他的颈部，了结了他短暂而毫无欢乐可言的一生。露申，你懂了吧，我犯下了许多罪，每一条都是最深重、最不可原谅的：弑父、弑母、弑兄、杀害无辜的幼儿——只是为了我一个人的福祉，就亲手毁灭了所有与我最亲近的人！"

"若英姐……"

"不要再叫我'若英姐'！"

若英甩了露申一记耳光，将她击倒在草丛间。

"这样就足够了吧，露申，於陵君只是动手打了自己的仆人，就被你厌恶了，为什么我杀害了全部至亲仍能得到你的同情。我不明白。你果然是个不明事理的人，还是说，你也觉得百闻不如一见，一定要我将自己的残忍演示给你看你才满意呢？"

"若英姐，你在说什么啊……你不是我认识的若英姐！"

"因为你一直以来都误解了我。这个世界上能理解我的人只有江离。"

"芰衣姐也不行吗？"

"我没有把自己的罪行告诉芰衣姐，怕她不能承受。芰衣姐是我最爱的人，不过，却是我亲手毁了她的幸福。如果我没有犯下那种罪行的话，她也不必承担招赘婿的压力，也就不会郁郁而终了。我后来也想过，杀死你的父亲是否能够拯救芰衣姐，但是好像这也是不现实的，因为以她那时的状态，恐怕很难承受这种变故。结果，我什么都不能为她做，只能坐视她因我的罪行而日渐衰弱，最终殒命。结果，芰衣姐的死成了我新的罪孽，这也是绝对不能被宽恕的罪——杀害自己最心爱的人。"

"若英……姐……"

"我想告诉你的就是这些。从今以后，请把我视作陌生人吧。我没有资格做你的姐姐，亦没有资格做你的亲族。别了，露申。"

若英走向院门，露申则自丛生的杂草中起身。她看着若英的背影，却想起了当初困扰着葵的那些疑点。于是，她开始追问若英——

"若英姐,我不明白,你当时刚刚挨过打,如何堂而皇之地进入主屋拿到凶器?而且,为什么没有选择那把长剑,反而取下了不便使用的匕首?现场的绳索和木桶又应该作何解释?如果若英姐真的是凶手,应该能回答这些问题吧?"

"但我并不想回答你。"

"那样的话,我只能认为若英姐在说谎。"

"人确实是我杀的,这是事实,是曾经在这里发生过的事情。至于那些细节,请你不要追究下去了。我刚刚告诉你的也不过是部分真相罢了。我只是想让你知道凶手是谁而已。这一点请你相信我,我绝对没有欺骗你。我相信你也无法想出其他的可能性了,亦想不出我欺骗你的理由。够了,就这样吧,我要回去了。"

其他可能性?

其他可能性!露申不得不重新思考葵提出的那个假说:假若一切都是芙衣姐做的,是不是所有事情都讲得通了呢?芙衣姐来到这里之后,先是坐在主屋里烤火,听到院子里无咎伯父和堂兄的对话,她得知无咎伯父打算在若英回来之后将她吊在树上打,又见他们特意在树枝上系好绳子,就抽出匕首,奔至树下割断绳子,返回主屋的时候,在门口与无咎伯父争执了起来。就在门口杀害了伯父,又在树下杀死堂兄,继而进入主屋杀害了伯母和堂弟。

露申不得不承认,假若凶手是观芙衣,一切就都讲得通了。而若英为了维护她最爱的芙衣,才扯下了这样的一通谎言。

可是,为什么偏要在这种时候……

下个瞬间,露申明白了一切。

她眼中若英的身影,无声地向前倾倒,最终伏在杂草丛中。

果然,来到这里的时候,若英姐就已经下定了决心。

她只是担心我会因她的死而过度悲伤,才讲了以上这些谎言。

——露申奔向若英,可是一切都太晚了。

若英手里握着一支折断的箭,箭身只有四寸长,箭簇却是完整的。她两手握住箭身,刺入了自己的心脏。其实从今天一早开始,若英就一直将这支断箭藏在身上,她可能从昨天午后见到江离尸体的那一刻起就下定了决心。

露申回想起若英今天的种种言行,悔恨自己过于迟钝,没能发现其中充满着对死亡的暗示。

——这可能是我最后一次任性了,希望你能成全我。

——最初是为了不让芰衣姐伤心,后来是为了江离,结果渐渐产生了惰性,始终不能下决断。

——事到如今我也不可能帮你做什么。

——现在虽然已经不是早上,我却很可能活不到傍晚了。

——等到只剩你孤身一人的时候,就会后悔了。

——我会留在云梦,死在云梦。

"若英姐!若英姐!"

不管露申怎样声嘶力竭地呼唤她的名字,若英都默不作答。

残阳照在若英的鲜血上。喷涌而出的血流一如远山,正在褪去光彩。

她最终还是开口了,用游丝般微弱的声音将最后的愿望告诉露申：

"'朝闻道，夕死可矣'。请代我感谢於陵君……"

观若英是注视着彤云密布的天空死去的。

给读者的第二份挑战状

虽然在第三章收尾之际,推理出真相的全部要素就已呈现在读者眼前了,但故事终究还在继续,於陵葵与观露申的人生仍在文本之中绵延未绝。我总担心自己在写作的时候一心扑在对伏线的设置上,从而怠慢了情节。恐怕,推理小说不等于一个附赠解答的谜题,而意味着更多的东西,也能带给读者意外性之外的其他种种阅读体验。在第四章里,读者亦可以发现些许伏线,但比起这些,我更希望读者在意的是小休与观若英的死,以及她们短暂而不幸的人生。因而,我不想就她们的死向读者发起挑战。实际上,小休和观若英的确是自杀身亡的,这一点请不要怀疑。所以,我在此仍继续向读者提出那个问题——

(1) 发生在天汉元年的三起命案的真凶是谁?换言之,杀害观娉、白止水、观江离的人究竟是谁?

此外,因为情节的进展,关于杀人动机的全部伏线也已经给出了,是故这里新增了一个问题,那就是——

(2)凶手作案的动机是什么?

在这里我要补充说明的是,凶手杀害三人的理由是一以贯之的,不存在"灭口"一类的目的,所以读者可以大胆地猜测其作案动机,对此我也已给出了充足的提示。

第五章

与天地兮同寿,与日月兮同光。

1

翌日，葵与露申站在小休的墓前。按照当时的习俗，下葬需要占卜吉日，有时人死之后迁延数月不能入土。不过小休身份低微，所以处理她的丧事并没有那么多的讲究，只是将她裹以生前的衣服，装入桐木制成的棺椁，埋在云梦的山水之间。平地起坟，不过五尺，墓前植了一株柏树。时人相信，有种名曰"魍象"的恶鬼，喜欢食用死者的肝与脑，却唯独畏惧虎与柏树。所以若墓主身份高贵些，则往往在墓前立上虎形造像。因小休只是一介奴婢，就在她的墓前植柏，以御魍象。

忙完小休的丧事，又是黄昏时分了。露申将掘地、植树的仆人差遣回去，与葵留在墓前。因雨已停歇，葵在明日就要动身离开。在那以前，露申有些无论如何也想向她讨教的问题。关于近几日的命案，露申想到了一种解答，但她没有发现任何确凿的证据。

然而葵仍沉浸在悲痛之中。

她心中忉怛难遭，口里则絮叨起她与小休的往事。

"小休的父母是我家的奴婢，在逃亡的途中生下了她。我这样说，露申就能想象他们的结局了吧？按理说，小休应该把我视作仇家的女儿才对，明明是我的父母让她成了孤儿，让她只能做奴婢。倘使她的父母在天有灵，知道她如此死心塌地地跟随我，究竟会怎样想呢？这种事情，我根本不敢想象。

"被带回我家的时候，小休尚在襁褓里，奴婢们给了她最简单的照料，她也幸而活了下来——不，或许这反倒才是最不幸的——是啊，她竟然没有死在懵然无知的年岁，真是太不幸了。老实说，对于她幼年的事情，我几乎一无所知，只是可以想见，逃亡奴婢的女儿会在我家遭受怎样的冷遇。她在五年前被派到我身边。回想起来，那个时候的她就已经像现在这样恭顺了。不管我怎样苛责她，都没法在她的眼中发现哪怕一丝怨恨。确切地说，当时她的目光里空无一物，就算和我四目相接的时候，也像是在注视着某个遥远的地方。

"当时的我并不喜欢她，甚至觉得她有些阴沉，不像别的侍女那样总是逗我开心；她从未向我谄媚过，我新学了什么技艺或是作了文章也得不到她的吹捧。因此，我总是派她去做最粗重的活，甚至设法构陷她、让她受罚。可是，在我十四岁那年，心里却对她产生了莫名的好感。或许是因为从那时起，我开始为自己的身世感到苦恼的缘故吧。

"露申也知道,我是长女,因而背负了那样的命运。所以,或多或少地能在小休身上看到自己的影子。作为逃亡奴婢的女儿,她的人生也从一开始就被剥夺了种种可能性。于是,我有了一个叛逆的念头,说出口或许有些可笑。只不过如今这个愿望已经再没有机会实现了,所以讲出来也无妨。

"——我想和小休一起获得自由。我们虽然身份悬殊,却也都被与生俱来的东西束缚着。如果是和小休一起的话,说不定真的能做到。现在看来,是我太天真了。

"又过了一年,我开始跟随家族的商队旅行。对于我来说,这几乎就是'自由'了。可是,对我的那份顺从还一直束缚着小休。在我看来,她的愚忠完全是身世使然,是因为自己的父母试图逃亡,最后落得那般悲惨的下场,她才迫使自己放弃思考和个人的意志,完全成为被我操控的人偶。而我不希望她这样下去。因为我能在她身上看到我自己的影子,看着她被枷锁束缚,我也会觉得焦躁难安,即便在旅行,也仿佛仍被困在那个让人喘不过气的家里。

"是啊,原来一切都只是我的一厢情愿罢了。我的自私与自负最终还是害了她。其实我一直都误解了,以为她的过度恭顺只是出于对命运的屈从。起初或许是这样没错,但后来果然还是有什么东西改变了吧。只是我醒悟得太晚了。直到小休那样悲惨地过世之后,我才察觉到,其实她是爱着我的。如果我能早些察觉到的话,或许就不会那么一再地残忍对待她了。可是都已经太晚了。我再也没有机会偿还亏欠她的东西，也无法回应她的感情。我所能做的，只是依照她的愿望生活下去，仅此而已。

"小休一死，我生命中的某一部分也一起死掉了吧。我总以为，'自我'是一种在岁月里不断堆积回忆而形成的东西。五年以来，我记忆中的每个场景里，几乎都有小休的身影。而我迄今为止的人生，也不过只有十七个年头罢了，况且最初的几年完全是蒙昧无知的状态。仔细想想，我这辈子恐怕也再难遇见一个能与我朝夕共对长达五年之久的人了。我为什么一点都没有珍惜呢？为什么她在我身边的时候我只觉得一切都是理所当然的？现在回想起来，小休真的是个奇怪的孩子，竟然愿意不顾一切地陪在我这种人身边……"

说着，葵泣如雨下。

露申则满是厌恶地看着她，唯恐葵的泪水蹭到自己身上。

"对不起，葵，我无法理解你们的关系。你所讲的这些对我来说完全是病态的，我既不同情，也不会为之感动。而你对她的悼念里，也充满着对自己的哀怜，这很恶心。不过你继续说下去好了，我现在还不急着戳穿你的真面目。请尽情扮演这个悲伤的角色吧。不过请你不要忘记，究竟是谁逼死了她。"

"你可以对我怀有恶意，但是请不要用这样的眼光看待小休的一生。这世界上本就没有什么'正常'可言，我所见到的只是一些固执己见的狂狷者与许多随波逐流的平庸之辈罢了。因为小休的死，我将愈发偏离你们眼中'正常'的人生轨迹。因为这是她的遗愿，我也只能遵从。自她过世那刻起，我与她之间的关系发生了彻底的反转,我成为她的奴仆,情愿做她的傀儡,让她操控我的一生。昨天开始,我就只是为她而活着了。"

"那么葵,你是怎样看待我的呢?你之前也说过想带我一起回长安,我也以为我们之间能培育出真正的友情,可是我始终没有向你确认过,你到底是怎样看待我的?究竟是将我视作可以任意玩弄的偶人,还是把我视为一个永远无力反驳你的听众呢?"

"我想与你平等相处,仅此而已。"

"果然,你在我身上追求小休给不了你的东西,没错吧?'平等相处',说得何等冠冕堂皇啊!小休那样的绝对服从都已经无法满足你了,你已经开始物色可以与你'平等相处'的仆从了!好,既然我们之间是平等的,那么我自然有拒绝你的权利。不仅如此,我也可以像你欺侮我那样回敬你——不,十倍百倍地回敬你!"

"我不知道怎样才能消除你对我的误解。"

"我对你没有误解,葵,你莫不是以为任何人都生来就有理解你的义务,所有人都必须回应你的要求?我无法理解你,你在我眼里是一个怪物。不,岂止是你,我周围的世界都疯掉了!为什么连若英姐都……"

"若英的事情,我很遗憾。"

"若英姐临终时让我向你转达她的谢意,她说'朝闻道,夕死可矣'。"

"她果然把那件事告诉了你,是吗?"

"那件事?啊,的确。不过我不怎么相信。若英姐大概是怕我为她的死伤心，才……"

"你错了，露申。如果我没猜错的话，若英一定向你坦白了她四年前犯下的罪行。她也和我说了。她讲的应该是真话。"

"我还是觉得难以置信。若英姐其实是个很温柔的人，她怎么可能为了那样微不足道的理由，就杀害自己的至亲。"

"'那样微不足道的理由'？露申，你在说什么啊，当时她可是……"葵惊诧道，"她向你给出的理由到底是什么？"

"无法回应父亲的期待，想脱离那样的家庭，想被我的父亲收养——总而言之，就是这样的理由。"

听完露申的话，葵陷入了沉默。

"撇开这些不谈，葵，昨天你为什么要讲那些话？说什么'人在死后是平等而幸福的'。莫不是为了让若英姐安心赴死才这样说的？"

"怎么会，我只是按照她的期望，讲了自己的想法罢了。因为小休的事，我整个人都很混乱，感知和理解能力都变得迟钝，所以没能注意到她竟然下了那样的决心。"

"我不这样认为。"露申怒视着葵，厉色地说，"在我看来，这都是你蓄谋已久的！姑妈、白先生、江离姐、小休、若英姐无不是被你害死的！你昨天不是也承认了吗？"

"从某种意义上说，的确如此，我承认。"

"不要玩这种文字游戏了。你与他们的死之间，不是那种抽象、间接的关联，恰恰相反，葵，你亲手杀害了姑妈、白先生和江离姐，并且诱导小休和若英姐，令她们自杀！"

"我怎么可能做得到呢？钟夫人遇害的时候，我一直和你在一起。"

"不必再狡辩了，我已经看穿了你的伎俩。"

"露申！"

"葵，昨晚我一个人在房间里，辗转难眠，就把几起命案的情形回想了数遍，终于发现了一些可疑之处。其中有一点我一直想不通，总觉得不自然。结果天快要亮的时候，我在半睡半醒间理解了其中的意义。我希望在我指出这个疑点之后，你可以立刻供出全部真相，否则的话……"

"请你冷静些，露申，我……"

葵的话音还未落，露申已从怀中取出一把尺刀。那是她从主屋后面的仓库里取来的。时人携带这种短小的刀具时，往往将它挂在腰间，所以它又被称为"拍髀"。这种兵器亦被称为"服刀"，"服"就是佩戴的意思，这个名字也说明它便于随身携带。

露申除下皮革缝制的刀鞘，将锋利的刀身暴露在葵面前。她两手握住刀柄，以刀尖对准葵的眉宇，继续说了下去。

"葵，请你回答我，为什么在姑妈和白先生的案件中，你都是杀人现场的第一发现者？"

"那只是巧合罢了。"

"真的只是巧合吗？那么，让我们回想一下姑妈遇害的那日早上发生的事情。那天你将我推入水里，用言辞羞辱我，又撕破我的亵衣，我原本以为那些不过是你一时兴起的恶作剧，可是现在回想起来，其实这一切都是有预谋的。你的目的就在于惹怒我，让我先离开河边，这样你也就有借口和我一起回去了。"

"我又何苦一定要这样做呢？"

"很简单，如果你发现杀人现场时只有我一个人，你会比较容易得手——"

"得……手？"

"请不要打断我。"露申无视葵的问题，继续叙述她的推理，"后来，我为了甩开你就跑了起来，而你也穷追不舍。接近仓库的时候，你跑到了我的前面。你那个时候为什么要这么做？"

"为什么，只是单纯地不想跑在你后面罢了，还能有什么理由？"

"有！葵，你那个时候急着跑到我前面，是为了实施某个诡计——当时你怀揣着某个容器，里面盛放着你事先准备好的血液。在你假装跌倒的时候，将血洒在草丛上，再把容器收入怀中，制造了后来我们看到的杀人现场。之后，你装出一副勘查现场的样子，偷偷将容器丢进井里，完成善后工作。"

"这都是你的想象，想逼我认罪的话，就去井里把那个瓶子捞出来吧。"

"我只说是容器，你却说出了'瓶子'这个词，这是只有凶手才知道的信息……於陵葵，果然杀害姑妈的人就是你！"

"随便你怎么想了，先把刀收起来好吗？"

"我拒绝。"

"那么，你继续说你的推理吧。不过我想问一下，我何必费这么大力气、冒这么大风险，当着你的面把血洒在那片草丛上呢?"

"为了洗脱你自己的嫌疑。通过将血液洒在那里,就可以使人误判作案的时间。如果那里没有一摊血迹,我们推开门发现了尸体,那么,作案时间有可能是在江离姐她们经过之前,不,还很有可能是在我们第一次经过那里之前——也就是说,凶案发生的时间可能远比我们想象得要早。而通过洒下血液,案发时间就被锁定在江离姐她们第一次经过之后、我们从溪边折返之前,这段时间你一直和我在一起。通过这样一个简单的诡计,你就拥有了不可撼动的不在场证明。"

"如果假设凶手是我,我又是什么时候作案的呢?"

"更早的时候——也就是说,在我醒来之前,你就已经杀害了姑妈!"

"那么小休不会发现吗?"

"她就算发现了也不会说什么的,毕竟她如此忠于你,不可能提供对你不利的证词。同样的道理,江离姐遇害时你的不在场证明也是不成立的。因为小休即使没有与你串通好,也会出于自己的判断袒护你。经过几天的相处,我可以判断她就是这样的一个人——这一点你也承认吧?"

"的确,假使我是凶手,即使不命她做伪证,她应该也会提供对我有利的证词。她确实就是这样的一个人。"

"下面,我来分析一下白先生的命案。同样,作案时间也在我醒来之前,你把白先生约到悬崖边,在那里将他推落。"

"那么,白止水先生临终时写下的'子衿'二字意义何在呢?

我和这两个字没有什么关系吧。虽然我听说在东夷的语言里'青'和'葵'的读音是一样的,所以或许可以用'青青子衿'的'子衿'二字来指代'葵'。但白先生是楚人,他应该不会用东夷的语言玩什么文字游戏吧?"

"葵,我们之所以猜不透这两个字的意义,原因很简单,这两个字本就毫无意义,它们根本就不是白先生临终时写下的!"

"你的意思是,我将白先生推落悬崖之后,不辞劳苦、披星戴月地摸索着自己不认识的山路走到涧底,在他身边写下虚假的死亡留言,再赶回住所、躺倒在你身边,等你醒来和你一起若无其事地去参加小敛仪式?明明在你认识路的情况下,我们到涧底往返一次还用掉了半日的路程……"

"不必再装傻了,葵,你早该明白我说的意思了吧?"

"是啊,我明白。你的意思是说,走到涧底的时候,我抢在你们之前发现白先生的尸体,就是为了在那个时候写下'子衿'二字,是吗?"

"正是。"

"那么很奇怪啊,假设我是凶手的话,我何必多此一举写下这样两个无意义的字呢?我若真的想脱罪,岂不是应该写下某个嫌疑人的名字,藉此嫁祸于他呢?"

"葵,你的狡猾就在于此。你在那个时候还不清楚每个人在小敛仪式前的行动,换言之,你根本不清楚哪些人有杀害白先生的嫌疑,所以才写下了这样一个毫无意义的词。而你之所以写下这两个字并非其他,可能有两个原因。其一,之前你在江离姐那里见到了那句'青青子衿',仍对'子衿'二字留有印象。那时我和展诗哥哥很快就会过来,你没有多少时间可以对将要写下的内容进行详尽的思考,于是就写下了这个你当时能想到的词;其二,在这里的人,只有你和白先生精通《诗经》。那天你告诉展诗哥哥,你也曾随'夏侯先生'学过《诗》。于是,白先生一死,你就理所当然地成了我们之中的《诗》学权威,当你找到可以嫁祸的对象之后,就可以牵强附会地解释'子衿'二字,将罪责推给那个人——这就是你前天下午做的事情,你对'子衿'二字的解释简直完全不着边际,可是,也没有谁就此对你提出反驳。"

"那个解释的确愚不可及,请你把它忘掉吧。"

"污蔑了别人的父亲、一家之主,竟然想如此轻描淡写地搪塞过去吗?我看你还真是愚妇口吻,咄咄逼人,颜甲千重,可谓不知世间有羞耻事矣!"

说着,露申伸直左臂,单手持刀,将刀尖抵在葵的颔下,距其咽喉只有不到一寸的距离。

"你忘记昨天若英对你说的话了吗?露申,请把刀放下。"葵叹道,"以上就是你的推理了?"

"还没有结束。江离姐遇害的时候,你其实并不在房间里。小休只是为了维护你,才在大家面前做证说你没有离开过住所。你的罪行她都看在眼里。所以,为了彻底绝除后患,你将她逼死了。"

"我的确……"

"我说的不是譬喻、修辞层面上的'逼死',而是字面意义上的。小休在前天午后曾经说过，'要求我去死，我就立刻死在您面前'，又说'您想要痛打我，我会为您递上鞭子'。所以当天晚上，你就对她说，想要验证她下午说过的话，要她取来鞭子。小休自然服从了。这也就解释了为什么她的尸体上有新的鞭痕。鞭打过后，你对她下了那个命令——那个尽管致命，却也是她无法反抗的命令——你命令小休去死。于是，小休就在那棵树上自经而死了。当然，昨天你的种种悲恸都是演技。"

露申，你为什么还是不明白？

凶手明明就……

"最后，对于若英姐的死，你也是负有责任的。我认为，你在昨天下午对她说的那番话，根本就是一种诱导。你发现江离姐过世之后，若英姐的精神状况很不稳定，所以就向她宣称死亡是一件美好的事情，还告诉她死后所有人的灵魂都会融合为一。于是，若英姐就认为只要一死，就可以与芰衣姐、江离姐重逢，所以……也就是说，於陵葵，正如你昨天早上不小心承认的那样，你的确杀害了所有人。"

"那么，我为什么要这样做呢？我和观家素无恩怨，为什么不惜牺牲跟随了自己五年的仆人也要杀害你的亲人呢？"

"你的目的，其实自己早就已经讲出来了，不是吗？"露申冷笑道，"你来到云梦，就是为了传教——传播你创立的那个崇拜死亡的邪教！昨天你当着我的面讲出了你们的教义，我本来以为你只是在回答若英姐的问题，只是在解释你认为身为巫女应该做些什么。但是我错了。其实，你当时就是在向若英姐传授你编造的教义。昨天你说死亡会消泯天人之间、古今之间、彼我之间的差异,你还说你相信人在死后是平等而幸福的——这就是你们的教义。你们认为死比生更好,生是苦难的而死是甜蜜的。你还说你认为自己要做的事在于'劝说别人坦然地接受不可回避的死'。我说到这里,你杀人的理由已经昭然若揭了!於陵葵,我之前一直想不通,为什么被杀的人偏偏是姑妈、白先生和江离姐。直到若英姐过世我才明白,他们四个人之间有个共同点,在这里的其他人都不具备的共同点——他们都是饱读诗书之人,因而,他们有资格成为你传教的对象!"

"你怎么会这样认为呢?"

"那么,如果接受了你的教义会怎么样呢?我想,若英姐就是你传教成功的例子,她遵照你的暗示自杀了。而在姑妈、白先生和江离姐那里,你的那通鬼话并没有发挥作用。他们没有听信你的话,不认为死比生更好,更没有因为接受了你的教义而自杀。所以,你选择亲手杀死他们。你认为,如此一来就能让他们切实地体会你的教义——这就是你的杀人动机。一切都出于你的偏执、妄想和病态,你就是为了这种无聊的理由杀害了五个活生生的人。为了不让你的异端邪说流毒海内,为了防止新的牺牲,我唯有这么做了,我要送给你一件你早就应该收到的礼物——你梦寐以求的死亡。"

下一个瞬间,葵推开露申的左臂,顺势将她按倒在地上。

"你这又是何苦呢?"

"放开我,你这杀人凶手!"

"你做这一切,难道不是出于你的'偏执、妄想和病态'吗?"葵长叹了一口气,"首先,我问你,昨天你和若英前往旧居之后,她可曾离开过你的视线?"

"不曾。"

"那么,她是在什么时候开始将那支断箭带在身上的?"

"或许、或许那支箭本就是你给她的。"

"好……再说白先生的事件,我们发现他的尸体时,距离他坠崖的时间已经过了那么久,他的血怎么也干了吧?那么我要怎样用他的血写下'子衿'二字呢?如果你说我这次也特意携带了一个容器,装着血液,只为写下这两个字,可是,新写下的血字能那么快变干吗?你们赶到白先生面前的时候,作伪一事岂不会立刻暴露?"

"也许你事先就准备了一块写上'子衿'二字的土块,到时候只要在地上掘一个坑,将土块填进去……"

"这种方法,你觉得可行吗?"

"有什么不可……行……"

讲到最后露申自己也心虚了。

"最后,也是最重要的一点,我不可能在你睡醒之前杀害白先生。因为你的睡相非常差,简直糟透了,睡在你身边是我有生以来最坏的回忆。那天我醒来的时候,发现你把你的半边身子都压在我身上,你让我怎样在不惊动你的情况下出门杀人呢?"

露申这才回想起来,自己那晚梦见了姑妈的死状,早上醒来时发现自己紧紧抱着葵。

难道，真的是我误会了她？

但是，已经没有其他的可能性了。

所以……

"露申，你还没有明白'子衿'二字的意义吗？那天早上天未亮的时候，观家的仆人见到白先生向山里走去，而小敛仪式开始时除了他之外所有人都出现在主屋，由此就可以知道案发时间了。而且，还能知道另外一个信息，凶手绝对没有充足的时间前往山涧下面再折返——因为那需要半日的时间，不可能赶在小敛仪式之前回来。因而'子衿'二字绝对不是凶手写上去的。当然，这也不可能是我在发现尸体时写下的。那么，只有可能是白先生在临终前写下的，对吧？

"在白先生之前，钟夫人已经遇害了，也就是说这显然是一场连续杀人事件，那么，如果你是白先生，你会写下什么内容？很简单：凶手的名字。因为只要我们发现了他写下的凶手的名字，连续杀人事件就会被终结。可是偏偏，他写下了'子衿'这样一个意味不明的词。

"那么，会不会是因为他也不清楚凶手是谁，才这样写的呢？这种假说很难成立。第一，悬崖边有以履反复摩擦地面而留下的痕迹，根据钟展诗的证言，这说明白先生曾在这里与人交谈过；第二，假设他交谈的对象并非凶手，那他便没有见到凶手或无法判断凶手的身份，他应该也不会写下什么文字迷惑我们的调查。你还记得吗，露申，白先生在去世前一晚曾经跟我们说过，'如果有什么可以帮忙的，尽管告诉我吧'，他表示一定会协助调查。

因而，白先生一定是在知道了凶手身份的前提下才写下了'子衿'二字。

"于是，那个问题又出了水面：为什么白先生没有写下凶手的名字？或许你会这样解释，白先生担心凶手立刻到他身边抹去或修改他留下的字迹，所以特意没有写下凶手的名字。但是这种假说也不成立，因为白先生也知道所有人都将去参加小殓仪式，凶手不会花费那么多时间来到洞底修改他的留言。那为什么，他就是没有写下凶手的名字？"

"也许他……"

露申下意识地应声道，却想不出什么解释。

"也许他虽然见到了凶手的相貌，也与凶手交谈了一番，但是，他并不知道凶手的名字——不，恐怕比那更糟，他根本就以为凶手的名字是'子衿'！"

"怎么会……"

"露申，其实在你讲述假说的全过程中，凶手一直就在你面前，只是你对她视而不见罢了。我说到这里你应该明白了吧——"

于是，露申艰难地将视线投向她正前方的那株柏树以及柏树后面的土丘。

——就在那里，长眠着本次事件的真凶。

2

葵扶起露申，又手持刀身将那把尺刀递与她。面对葵充满信任与宽容的举动，露申愈发为自己刚刚的言行感到羞耻。可是此时的她，并无道歉的心情。葵指出的真相令她困惑，她不明白，为什么小休要杀害白先生和自己的亲人。

"露申还记得吧，宴会的时候白先生来晚了。我在他还未到的时候向大家介绍了自己，也顺便介绍了小休。那个时候他不在场，所以自然无从知道小休的名字。后来，小休向我问起'太一'与'东皇太一'的关系，我称赞她好学，还说了一句'也不枉我从《诗经》里为你选了这个名字'。这句话，白先生听到了。请你不要忘记'子衿'也出自《诗经》，所以他完全有可能误以为小休的名字是'子衿'。"

"那么,这种误解是如何产生的呢?"

"小休欺骗了他。在将白先生从悬崖推落之前,小休与他曾有过一番对话。在那个时候,她欺骗白先生说自己的名字是'子衿'。"

"她为什么要这么做?只是怕对方坠落之后一息尚存写下自己的名字吗?"

"小休自然不可能预见到白先生坠入那么深的山涧还能写下凶手的名字。她之所以扯这个谎,其实另有目的:当时小休必须弄清楚'子衿'二字的含义——不,确切地说,她想了解的是整首《子衿》,她迫切地想要知道这首诗究竟讲了什么。"

"她了解这些是为了……啊,我想起来了,我们在江离姐那里看到的木牍!"

"就是这个原因。离开观江离的住所时,我们谈起了那块木牍,而且我解释了《绿衣》的意思,但是并没有解释《子衿》。我还跟你说,'如果你真的想了解《子衿》的意思,明天去问白止水先生吧'。小休记下了这句话,她后来真的去向白先生请教了这个问题。"

"我还是不明白,为什么小休要……"

"唯有知道了那两句诗的含义,她才能决定要不要杀观江离。不过,关于她杀人的动机,我想留到最后再讲。在这里我只是想解释一个问题,就是为什么白先生会误以为她的名字是'子衿',换言之,她为什么自称'子衿'。据我推测,她说出这个谎言,主要是想自然地提出她想问的问题,以免让白先生起疑。在宴会上她向我提问的事情，白先生应该还记得，所以在对方眼中，她虽然身份低微，却是个好奇心很强的孩子。但是，若白先生追问下去，问她为什么单单好奇这一首诗的内容，她仍必须想一个合理的缘由。于是，最合理且最符合她身份的理由是什么呢？很简单，假若我为她取的名字就是'子衿'的话，她向白先生请教那首诗的含义就再自然不过了。因此，白先生误以为'子衿'是她的名字，继而写下了那样的死亡留言。"

"或许在白先生的案件里还解释得通，可是，江离姐是被人用弩机射杀的，小休她懂得如何使用弩机吗？"

"我在调查钟夫人陈尸的那间仓库时，当着小休的面使用了一次那里的弩机。她这样聪敏的孩子，或许看一次就能学会吧。"

"那么，最后，姑妈的案子要怎么解释呢？如果凶手是小休，她是怎样在重重监视下脱身的呢？"

"解释这个问题需要费一点时间。恐怕，还要从发生在四年前的灭门惨案讲起。在那次事件中，观若英遭受了极大的刺激，因而在她的心里一直留有非常严重的创伤。因此，在这起事件中，她不能被视为完全可靠的旁观者。算了，我还是从头讲起吧。"

"若英姐她……"

"她的确是灭门惨案的真凶。露申，我问你一个很简单的问题：今天你为什么选择怀揣尺刀来见我？"

"因为它隐藏起来比较方便嘛。"

"同一间仓库里，还有许多箭可供你使用，你为什么不取一支箭藏在怀里呢？"

"箭太长，又没有鞘，怎么想也不适合藏在身上吧。即使把箭身折去一半，也……"

"你为什么不继续说下去了呢？"

"……若英姐她为什么要用一支断箭自杀？"

"你终于注意到这个疑点了。我刚听说这件事的时候，推测她是想选择和江离一样的死法，毕竟她们感情那么好。但是后来我会想起某些疑点。若将那些疑点与若英自杀的方式一起考虑的话，或许能推出某个结论。"

"什么疑点？什么结论？"

"我们在江离那里见到的那块木牍，上面有涂改的痕迹，在第三行的'我'与'心'字之间。第三行开始是江离的笔迹，我想不通，她为什么没有按照我们一般人的习惯用书刀将写错的地方刮去，重新书写，而是直接将错字涂抹掉呢？露申，你发现了吗，在江离和若英共同居住的地方，我们根本就没有看到一把书刀。不仅如此，昨天你在我的房间，突然抄起我案子上的书刀走向我的时候，若英的反应是不是有些过激呢？你也听到了吧，她那个时候喊了'不要过来'。"

"这到底能说明什么呢？"

"说明若英对刀具心存恐惧。恐怕，刀具会激起她不快的体验——例如，用匕首弑杀了自己的全部至亲。"

露申在震愕中陷入沉默。

"不过，若英杀害至亲的理由并非如她告诉你的那样，只是为了被更加宽和的家庭收养。行凶的时候她刚刚从死亡的边缘捡回一条命，惊魂未定，出于自保的目的才杀害了自己的父母和兄弟。让我们回想一下你为我讲述的案情吧。你在叙述观上沅的尸体时提到过，尸体旁倒着一个空空如也的木桶，还有一段被割断的绳索从树上垂落，距离地面约有七八尺的距离。我认为，从现场的这两处细节就可以推测出那里到底发生过什么。"

"我记得你提过一个假说，认为芰衣姐才是凶手。那时你对绳子和木桶都做出了解释，你说绳子是伯父挂上去的，为了将若英姐吊起来打。准备一只木桶则是为了在若英姐昏过去的时候用水将她泼醒……"

"但这个假设不能成立。我之前的推理恐怕忽略了天气因素。案发的时候，若将一个木桶盛满水放在院子里，恐怕不用多少时候桶里的水就会结冰吧？那样一来就派不上用场了。小休死后，我才想到木桶或许还能派上其他的用途。"

"小休……你是说——"

"绳子、木桶，两者组合在一起，我能想到的最合理的解释就是这个了：上吊自杀。恐怕那条绳索被割去的部分，是个环状的绳套吧。而且，在它被割下之前，若英的头颈应该已经套在里面了。"

"你是说伯父他……"

自露申心底涌起的不祥预感令她窒息。她知道葵后面要讲的话是她不想、也不该继续听下去的。经历了若英的死，此时露申已经对可能遭到的打击有了心理准备，毕竟这是关乎曾与她朝夕相对的观若英的事情，尽管它很可能是观氏家族的往事中最令人胆寒的一桩。

"是啊，"葵点了点头，"恐怕你伯父在一番鞭打之后，强迫观若英用那条绳索自缢。根据事后观若英对绳索和绳状物的种种反应，我不得不这样猜测。"

"若英姐的反应？"

"你果然没有注意到。首先，为什么若英会变得怕蛇？恐怕她看到那条盘踞在树枝上的花蛇的时候，回想起了什么可怖的记忆吧。第二，为什么观芰衣抱她却被她推开了？我想当时观芰衣并非抱住了若英的臂膀，而是抱住了她的颈部。第三，为什么若英居住的院子里没有水井？观家提供给我的临时住处，水井就建在院子里。而若英住处的水井在院子外，这样汲取生活用水会很不方便吧。更何况江离还在院子里种着花草，那么她每次要浇灌它们，都要提着水桶穿过起居室，这也过于麻烦了吧？所以我想那里没有水井应该也是有理由的。因为观家的水井上都装有辘轳，辘轳上则绕着绳索。若英既然惧怕绳索，想必也不愿每天和水井上缠满绳子的辘轳朝夕相对吧？基于她的种种反应，特别是观芰衣抱住她的时候她做出的反抗举动，我做出了刚刚的那个推测：你的伯父曾逼迫若英上吊自杀。"

"……那么，又是谁割断了绳子呢？"

"恐怕是你的堂兄观上沅，因为他是在树下遇害的，也就是说他应该是当时离若英最近的人。"

"但这还是不合乎情理啊。假使若英姐是被上沅哥救下来的，为什么又要当场杀害他呢？而且，伯父为什么要逼迫若英姐自杀呢，明明是自己的亲生女儿？"

"这两个问题倒是可以同时回答。你伯父应该并没有逼死若英的打算，他只是想要恫吓她一下而已。若英在宴会上不是提到过吗，她曾经和你伯父讲了自己的理想，结果没能得到理解，说的应该就是那时候的事。你伯父听了若英的话，惊愕之余动手打了她，但他也知道这不足以让若英放弃自己的想法，于是，他打算让若英体验更深重的恐怖……"

听到这里，露申忍不住移开了视线。

"……当时，他打算让若英体会濒死的恐惧感——先强迫她自缢，再命令观上沅及时地割断绳索。你伯父以为只要这么做，若英就会变心而从俗，不再有践行自己那套理论的勇气了。可是对于若英来说，这份打击还是太重了。在求生意志的作用下，她已经失去了理智。所以，最先被她杀死的人是你的堂兄。可以推想，你堂兄割断绳索之后，将匕首丢在了地上，自己则抱住坠落下来的若英。若英在惊恐之余，拾起匕首，杀死了观上沅。你的伯父见到手持匕首向他走来的若英，自知赤手空拳没有胜算，就转身奔向屋里，打算去取那把长剑。结果在门口被若英追上，背部中刀而死。最后……"

"已经可以了，小葵不必说下去了。"

"总之，若英换下染血的衣服，将之焚毁，又草草处理了现场，就奔向了你家。以上就是四年前灭门惨剧的真相。"

"但是，葵，我不明白。为什么伯父他不惜做到这一步，也要让若英放弃自己的理念？"

"露申,你的确不明白。如果若英真的实践了自己的理念,带给观家的后果会是什么?我可以很简单地告诉你:灭族。观家这些年避居山林,就是不想卷入种种权力争端,因为虽然得势可以带来财富与荣耀,但只要一跌,全族都会被赶尽杀绝。可是若英的追求偏偏在于此。抱着这样的理想,而诞生在这样一个家族里,难免会遭到迫害。偏偏,你的伯父是个冷酷的人,他并没有将子女真的视作独立的个体、活生生的人,而只是视作自己的创造物。所以,当若英对他袒露心迹,他却觉得若英的想法是异端邪说,认为自己对她的教导都白费了,甚至会认为若英是个不应由他生产出来的残次品。老实说,如果若英没有动手杀人,又不愿放弃自己的想法,以你伯父的性格,那天的情形或许还会重演,而到那个时候,想必就没有人替她割断绳索了……"

说到这里,葵长叹一声,无法再讲下去。露申也倾听着她的沉默,她从这沉默里听出了许多葵不忍讲出口的信息:那是有关父母对子女的期待的感触,有关父母是否有权毁灭子女的反思,以及,许多关乎她自己的身世遭际的告白。

良久,露申发问道:

"那么,当时发生的事与姑妈的死之间又有怎样的联系呢?"

"其实,这里面的关联我也已经讲到了。若英是个不完全可靠的旁观者,因为她在四年前的事件中蒙受了极大的打击,所以她的视线可能会刻意回避一些东西。"

"但是,若英姐已经过世了,我们已经无法向她确认这一点了。"

"不必向她确认。她的某句证词已经说明一切了。她关于小休的到来,是这样描述的:'刚刚听到身后有脚步声,转身去看,就见到了小休。'露申,你不觉得这句话很奇怪吗?那个时候若英站在仓库对面,那个位置几乎紧靠着山体,如果她是面对着仓库站立的话,脚步声怎么会从背后传来?也就是说,当时若英其实并没有面对仓库站立,而是面朝着别的方向。"

"别的方向?"

"若英在南,仓库在北,谷口在东面,西面则是通往溪水的路。而若英起初并没有怀疑小休,这也就意味着,小休的行动没有什么可疑之处。因而,她一定是从谷口的方向——也就是东面——跑来的。换言之,若英当时面朝的方向,就一定是西面了,也就是溪流所在的方向。"

"为什么若英姐要面朝着那边,那里什么都没有吧?"

"正是因为那里什么都没有,她才要看往那个方向。你再回想一下,仓库的东侧有什么?"

"东侧……东侧……你是说,水井?"

"正是。在若英站的位置,不论她向东还是向北看,都能看到那口水井。请不要忘记,那口水井上架有辘轳,辘轳上缠满绳子,那是若英绝对不想看到的东西,所以,她在那时只好朝西站立。如此一来,绳索就不会出现在她的视线中了。我想,小休在杀害钟夫人之后,听到峡谷里传来你的声音,就躲在了井栏后面。她本想趁所有人都进入那间仓库之后再离开那里,可是偏偏若英一直站在仓库对面。或许小休一度认为自己再难脱身了,可是渐渐地，她发现若英面对的方向始终未变，从未看向她这边。于是她决定铤而走险，绕到若英的正东边，也就是她的背后，装作刚刚从我们的住处那边走来。"

"如果当时出现在她背后的人不是小休，恐怕若英姐立刻就会起疑心吧，那样的话，白先生和江离姐或许就不会死了，若英姐也……"

"是啊，可惜谁也不会去怀疑小休，因为她似乎真的没有杀害钟夫人的理由。也正是由于这个原因，江离到死都不知道凶手的身份，也不知道她杀人的动机。她的遗言将矛头指向祭祀对象的变化，其实只是她个人的见解，并非此次事件的真相。"

露申回想起昨日葵与若英的对话：

——那不是你的错，於陵君，我根本没法责怪你。何况，江离的愿望只能托付给你了。

——果然，若英，你全都知道……"

"昨天若英姐制止了小葵自杀的企图之后，说了一句'於陵君，请不要辜负'，当时下着雨，我没有听清后面的内容。若英姐到底说了什么？"

"她叫我不要辜负小休的死，也不要辜负她为了我而犯下的罪。"

"为了……小葵？"

"是啊，小休之所以这么做，全都是为了我。露申，钟夫人、白先生和江离的确都是饱读诗书之人，但是他们在此之外，仍有其他共通之处。不过这一共同点比较隐秘，不易觉察。刚刚我已经讲到了,小休有理由向白先生请教《子衿》一诗的含义,因为唯有知道了摘自《子衿》的那两句诗的意思,她才能决定要不要杀江离。从这一点出发,或许就能发现遇害者具备的共同点了。"

"我不明白。"

"小休已经听我解释了钟展诗写下的那两句诗的意思,而江离回信的内容,即那两句《子衿》,我没有解释它们的含义,所以她无法知道江离的回信具体是什么意思,换言之,她无法确定江离对钟展诗的态度。"

"怎样的态度能让她起杀心呢?我还是不明白。"

"恐怕,小休认为,那封信是钟展诗在向江离表达恋慕之情。"

"的确。听你那样解释了展诗哥写下的那两句《绿衣》,小休或许真的会那样理解。"

"所以,她想知道的是,观江离对此是否应允——换言之,她需要知道江离是否恋慕着钟展诗。"

"如果江离姐喜欢表哥,小休就必须杀害她吗?"

"是的。如果小休认定观江离答应了钟展诗的求爱,她就必须杀掉观江离。偏偏,江离引的那两句诗,'青青子衿,悠悠我心。纵我不往,子宁不嗣音'—— 前天我已经解释过了,的确可以表达应允的意思。我想白先生对小休也是这样解释的吧。于是小休在杀害了白先生之后,将江离确定为下一个目标。"

"我还是没有理解,小休究竟是为了什么而杀人……"

"被她杀害的人都与一件事有关,那就是——巫女的禁忌。我应该向你提起过,包括我的家族在内的齐人,都认为巫女并不享有婚恋的权利,在他们看来,婚恋对巫女来说是一种禁忌。小休也是这样认为的。基于这种观念,她才杀害了钟夫人、白先生和江离。小休认为钟夫人和江离以她们的行为打破了这项禁忌,而白先生则散播了巫女可以打破这种禁忌的言论——这就是遇害者的共同点。"

"可是,若英姐在宴会上不是讲过了吗,楚地的巫女并不背负这样的禁忌。那时小休也在场,她应该听到了才对。"

"小休并没有考虑这样的事情,因为她杀人的目的不在于制裁打破禁忌的人,而在于……劝诫我。"

葵给出的解释超出了露申的理解能力。

"其实,一切惨剧都是由我们两人之间的几句戏言引发的。宴会那天,你盛了一盘葵菹给我,我让你自己把它们吃下,你又问我可不可以把我一起吃掉。后来我讲起了关于屈原的事情。在这之间,我们有几句对话。露申,你还记得吗?"

——除了吃掉之外,还有什么办法让对方成为自己的一部分呢?

——爱一个人就要使之成为自己的一部分吗?露申的趣味还真是猎奇呢。

——嗯,或者,让自己成为那个人的一部分也可以。

——这倒是很容易做到呢。只要伤害对方就可以了。我说的不是那种作用于筋骨皮肉的伤害,而是去伤一个人的心。做出一些对方绝对无法接受的事情,讲出对方绝对无法接受的话,使那个人的心里在余生中都留着由你造成的创伤。如此一来,你也就成了那个人的一部分。不过，只是这样还不够吧。毕竟自己还是自己，并没有完全融为对方的一部分。若要做得彻底，还要让自己真的消失才行。

——通过自己的死来伤害对方吗？真的会有人用这种方式表达自己的爱意吗？若这也能被称为爱，这种爱就结果而言，已经同憎恨别无二致了吧！

——你错了，露申。这才是最高的爱。古之名臣，所谓直言极谏、杀身成仁者，无不是践行了这样的一套行为逻辑——通过自己的死，在君主的心里留下创伤，藉此来达到进谏的目的。曾兴兵灭楚的伍子胥如此，一心想要复兴楚国的屈原亦是如此。他们自杀正是出于这样一种忠爱：让自己的政见成为君主生命的一部分。

"我还……记得。"

"我当时讲的那番话，不幸地成了小休的行动纲领。她就是基于这样一套逻辑，杀害了三人，并最终自杀身亡。她做这一切，仅仅是为了劝诫我不要打破巫女的禁忌而已。"

"小休她明明是那么乖巧、恭顺的孩子，为什么会……"

"都是我的错。全部都是因为我的失言，才造成了今日的局面，才害死了所有人。"葵的脸上又浮现出昨日清晨抱着小休的尸体时流露出的那种表情，再度滴下了尚未流干的泪水，声音也随之喑哑起来。"毕竟，我在宴会上当着小休的面说'羡慕楚地的巫女'，还说自己只是没有遇到喜欢的人而已。那晚在前往若英住所的路上，我又当着她的面说，'我也是经过权衡才选择了如今的生活方式'，又说'假使有一天我对这一切都厌倦了，或许会背叛自己的家族也未可知'……露申，我对你说过吧，包括我的家族在内的齐人往往相信，假若'巫儿'与人恋爱、成婚，她的家族就会遭遇灾厄，那个女孩子自己也会变得极端不幸。小休也深信这一点，她一定是不希望我遭遇不幸才这么做的。如果我早些发现她的心意，或许，或许……"

露申丢下手中的尺刀，将葵揽入怀里，安抚着她。

"江离过世的那天晚上，我想到了小休就是凶手的可能性，当然，我并不认为这就是真相，却还是半开玩笑地讲给小休听。结果，她竟然供认说，那些全部都是她为了我而犯下的罪行。露申，你能想象我那个时候的心情吗？我恨不得立刻到你和你的亲族面前以死谢罪。但是，我终究还是原谅了小休。露申，你快些放开我吧，你应该恨我才对。刚刚若真的让你一刀了结我的性命便好了……因为我是这样一个人，当我知道自己的仆人为了自己杀害了三个无辜的人的时候，我却没有任何迟疑地原谅了她。我让她忘记这件事、忘记她自己就是杀害三人的凶手。我还告诉她，这个世界上只有我才有资格制裁她，只有我可以对她的罪行给出判决、实施惩罚。所以我才鞭打了她。我从来没有下过这么重的手，她也是第一次在挨打的时候哭了出来。后来我也哭了。我已经猜到她会死，猜到她最终会选择这种方式来完成她的忠谏。可是我不知道自己能做什么。我为她涂上伤药，安排她在我身边睡下，在她耳边一再重复着原谅她的话语。而她只是说，可以成为我的仆人她非常幸福。我害怕第二天醒来就会失去小休，就强忍不睡，可最终还是睡着了。但是在入睡前的瞬间，我迫使自己抱住小休，我以为这样一来，她就不会离开我了。可是当我醒来的时候，小休已经不在我身边了……"

就这样，露申也原谅了在她怀中恸哭的葵。

3

　　第二天,霁日与朝霞俱起。

　　披覆在群山与河谷之上的夜之皮肤被撕裂,光自地平线之下喷涌而出。聚满天空的浮云在一瞬间被照得通明,曾使之融于夜空的保护色几乎完全消退了。片刻之后,阴影又在云霞的边缘蔓延开来。

　　那是一轮新日正升入云层,朝霞也因而变得晦暗。天空渐由墨色转为堇色,最终变为一种近乎葱绿的蓝。红日继续上升,终于冲破云层。空气自此转暖,盘踞在山间的雾气也蓦然消散。灼爝的金色一时铺满大地。只是与此同时,众星也被湮没在宛如血海的天空里。

所谓启蒙，大抵就是"给予光"的意思。而光所熄灭的群星尚可再度布满夜空，但那为启蒙所扼杀之物，便是真的一去不复归了。

少女才蜷身撞碎裹覆自己的名曰"云梦"的硬壳，以为能就此挥翮振翼，以游四海，却终不知她所面对的"世界"虽广袤，但更是残酷。

所谓"世界"，东起日出的旸谷，西至日入的虞渊，南北皆抵溟海，本就不是一人一世可穷极的。况复《招魂》早已说得透彻："魂兮归来，反故居些。天地四方，多贼奸些。"自故居逃离，欢愉固然有，他日又未必不化为悔恨与浩叹。

让我不忍着笔的恰恰是这样的情景：那轮红日正无可挽回地驶向阴云。但我也深知，朝霞与暗云之间并没有什么区别。

我写下这个故事，写些异代的悲欢生死，实是在耗磨我自己的人生。但唯有如此，我才仿佛觉得自己可以逃避这个令人窒息且为之胆战的世界。恐怕，我笔下的观露申冲破蛋壳的瞬间，也正是身为作者的我躲入笼中之际。而我在笼中咏唱的每个音符，都只为了献给笼外的你们——读者啊，请不要掩耳离去！

此时，葵与露申再次前往小休长眠的地方。

只是此次谒墓之后，她们不会返回观家的住处。

葵将驮着行李的牝马系好，牵着露申的手，登上山坡。山上满是楸与梧桐，小休墓前新植下的柏树杂处其中，从远处很难寻见。不过葵与露申一辈子都不会忘记这条路,尽管她们仍不知道,此后,在她们的有生之年里,都不再有重访这里的机会了。

露水濡湿了两人的衣裾。

"我们……真的要去长安吗?"

"事到如今又要反悔吗?"面对友人的提问,身着长襦、背负弓矢的少女反问了一句。

"怎么会后悔呢?只不过稍稍有些不安罢了。"

"我明白,离开故土本就不是那么容易的事情。更何况你的姑妈还没有下葬,姐姐们也还没有卜定葬期,这个时候离开云梦,你心里总有些愧疚吧。"

"嗯,"露申点了点头,"特别是,父亲这一次竟然没有劝阻我。昨晚我离开主屋时回头看了他一眼,他的表情,和得知江离姐死讯时的若英姐一模一样。这种时候,我明明应该留下来陪他——像我的祖先们那样,一辈子留在这个凶险、卑湿且令人伤心的地方。"

"他会把那件事告诉我们,我倒是有些意外。他一定是把若英视为己出,才会如此自责,以至于到现在还念念不忘。"

昨晚葵和露申辞别观无逸的时候,从他那里听说了一件并不久远的旧事。只是因为当事人都故去了,才让人觉得渺远难及。原来,在观芰衣去世之后,江离曾恳请观无逸允许她陪同若英一起离开云梦、去长安投靠姑妈。江离担心若英继续留在云梦,免不了睹物思人,迟早会随芰衣而去。

可是观无逸并没有同意女儿的请求。

所以这一次，葵表示希望和露申一起离开，并没有遭到什么阻挠。

"但我并不觉得父亲做错了什么。"露申说道，声音有些颤抖。她竭力掩饰着悲伤，试图保持最平静的语调，却到底瞒不过敏锐的葵。"当时若英姐受了那么大的打击，突然离开云梦去一个新环境，被迫面对更复杂的生活，还要和许多陌生人朝夕相处，对她也实在太残酷了。就像一棵半死的树，移到一片沃土，也未必就能成活。她的成长环境太严酷，犯下的罪业也太深，又遭到了那么沉重的打击，恐怕没有任何方法能挽救她。"

"或许真的是这样吧。"

"小休也是……小葵，唯有一件事我永远不会原谅你，就是你曾经虐待过小休，而且长达五年之久。或许，真正酿成惨剧的，并不是你那天的几句戏言，也不是你所背负的巫女的禁忌，而是你对小休的教育。我可以想象她的迷惘。你先是用鞭子告诉她绝对不能违抗自己，将这样的信条烙印在她的皮肤上；之后又让她记诵那些你所信奉的经典，而那些经典却告诉她，必须纠正主人的过失，那才是真正的忠诚。正是这样两种完全相左的教条把她逼上了绝路。我还记得，酒宴之后，她试着向你倾诉自己的苦恼，你却只让她自己考虑。在那个时候，如果你能诱导她把种种想法和盘托出，也就不会断送那么多人的性命了。"

"……你说得太轻巧了。"至此，葵也无法在迟钝的友人面前掩饰自己的动摇，"遇到小休的时候，我只有十二岁啊。怎么能要求一个十二岁的孩子正确地教育别人？而且，因为被剥夺了最重要的权利,就得到了家族的放任和纵容,让我可以不受任何节制地支配自己的侍女——我自己也没有受到真正的教育。我从父母那里得到的,只是禁锢,以及随之而来的代偿罢了。"

"我明白……"

"真正教育过我的人,仔细想来,"葵落寞地微笑着,低声说道,"或许就只有小休了吧,虽然是以那样极端的方式。"

"是啊,远比你对待她的方式更极端。"

终于,两人登上了那座山丘。

她们都深知,再向前几步,就将进入一个共死者同在的地域。小休离弃了她们的"世界",把它留在身后。而在这个世界上遗留下来的人还能够与她同在。毕竟,"我们并不在本然的意义上经历他人的死亡过程,我们最多不过是'在侧'"。更何况,"任谁也不能从他人那里取走他的死。当然有人能够'为他人赴死'。但这却始终等于在说,'在某种确定的事业上'为他人牺牲自己。这种为他人而死却决不意味着以此可以把他人的死取走分毫。"——每个人向来都必须自己接受自己的死。[①]

小休的死也是如此。

它终不能使於陵葵免于一死,至多只能加深她对死亡的理解罢了。

在看到那株柏树之前,露申停下了脚步。

"我觉得,我还是不要过去了为好。其实我想了整整一夜,

[①] 参看海德格尔《存在与时间》第四十七节《他人死亡的可经验性与把握某种整体此在的可能性》。此处的引文根据的是陈嘉映、王庆节的译本。

却还是不知道应该怎样面对她。所以，就劳烦小葵代我向她告别了。"

"嗯，不必勉强自己。一切都交给我吧。"

于是，葵继续前行，最终停在小休的墓前。

——小休，现在，你已经如愿地成了我的一部分，你此刻仍在我体内，你是我的创伤，我的罪愆，我的悔恨，也是我不忍再记起却势必会一再重温的回忆。当我死去时，我们会在那片温热的湖水里交会。到那时，就再没有什么能让我们分离了。

——可是小休，即使如此，我终究再也触不到你了，再也无法享用你烹制的饭菜，更没有办法成全你个人的自由与幸福。作为个体生命的小休终究无法复活了。恐怕在我的余生中，再也不会有什么事情比失去你更让我觉得悔恨、遗憾。而且，恐怕也不会再有如这五年般甘美如饴的时光了，毕竟，那段日子你一直在我身边。

——虽然时至今日，你仍在那里、在我左右，仍注视着我的一举一动，倾听着我无法讲与别人听的心声，但这种状况，终究不是我所期望的形式。不过，假若这是你的愿望，我会接受。毕竟你从未向我索取过什么，甚至从未亲口告诉我你的心愿。所以，你最后的愿望我一定会为你实现，你已经成为我的一部分，我们永远不会分离……

——可是，为什么我再也感受不到你的存在了！

——为什么我这样不断地暗示自己、欺骗自己，迫使我相信你的愿望已达成，我却丝毫不能感到以往与你同在时的那种喜悦！

——为什么我在脑海里一次一次唤你的名字，乃至喊出声音，你却从未应答，以往的你绝不会这样。

——果然，所谓的死，就是这样的事情吧。不再有回忆，也不会有重逢，到最后就只是无尽的黑暗和凄冷的风。

——若果真如此，我又要为了什么而活下去呢？

——恐怕我曾经深信的"甜蜜的死"本就是种妄想，只是种可悲而可笑的自我催眠：通过这种暗示，让我遁逃于那份困扰着世人的恐惧感。可是从今天开始，我将不得不直面它。结果，我的余生都要生活在对死亡的恐惧之中吗？只怕我所追求的一切，都会在某个时刻化为烟与泥土，如我的身体一般，而且寄居在体内的魂灵在那个瞬间也会消散。

——只怕我终将与这个世界彻底诀别。

——难道这就是你的愿望？难道你仅仅是为了让我明白了这样一个我本不想了解的残酷真相，就离弃了我？还是说，这样的结果并不是你所期望的？

——请告诉我，小休……

参考文献

文中征引传世古籍与出土文献颇多，此处难以逐一注明所据版本。其中对《礼记》引用尤多，在进行白话翻译时参看了王文锦先生的《礼记译解》（中华书局，2001）一书。对《楚辞》文句的训诂则主要参考了蒋天枢先生的《楚辞校释》（上海古籍出版社，1989）一书。此外又参考了一定数量的今人著作及论文，以下是其中对我的构思、写作帮助较大的十三种出版物，悉依出版年排列。

蒋天枢著《楚辞论文集》（陕西人民出版社，1982）
张正明著《楚文化史》（上海人民出版社，1987）
张孟伦著《汉魏饮食考》（兰州大学出版社，1988）

钱玄著《三礼通论》（南京师范大学出版社，1996）

林富士著《汉代的巫者》（稻乡出版社，1999）

谭维四著《曾侯乙墓》（文物出版社，2001）

潘富俊著《楚辞植物图鉴》（上海书店出版社，2003）

李零著《中国方术续考》（中华书局，2006）

陈遵妫著《中国天文学史》（上海人民出版社，2006）

杨树达著《汉代婚丧礼俗考》（上海古籍出版社，2007）

孙机著《汉代物质文化资料图说》（上海古籍出版社，2008）

白川静著　杜正胜译《诗经的世界》（东大图书，2009）

《中研院历史语言研究所集刊论文类编·历史编·秦汉卷》（中华书局，2009）

后记

　　这篇小说成稿于二〇一二年七月十日，随即效仿《柳如是别传》稿竟说偈的旧例，作了三首绝句。当时总怕这寥寥八十四字他日化为谶语，便没敢讲什么狠话或怪话。其实，从二〇一〇年开始构思它开始，我就很清楚，它的问世注定要较一般的小说艰难许多——这里的"问世"既是指写定，也含有出版的意思——这毕竟是只有我才能完成的作品，而我又是一个如此粗疏、怠惰且乖张的人。

　　只有自己才能写出这样的小说，初听似乎是一种十足高慢的表述。幸好，看到这一句时，读者想来已经看过了前面的十万余字，应该不会曲解我的意思。我并不相信这世上会有第二个人与我有相同的知识构造与恶趣味，所以才自负地宣称这世上再不会有一本《元年春之祭》这样的小说。于《汉书》与群经稍稍下过些功夫，对西方哲学有那么一点兴趣，同时奉三津田信三与麻耶雄嵩的作品为推理小说的极则，最后——或许也是决定性与毁灭性的——这样一个古典学与古典本格的狂信者又向日系动漫（A.C.G）文化出卖了灵魂。倘使这世上尚有第二个我这样的废人，那他（她）便是我的分身（Doppelgänger），注定会成为我一生的亲友或不共戴天之敌。

也正是因为这篇小说无端地染上了过于强烈的个人色彩，我所要表达的东西也在正文之中就已经穷尽了，其实本没有必要另写一篇后记来说明什么。只是我自知"元年春之祭"这个标题取得令人费解，在此仍有必要稍事说明。

实际上，这五个字是用《春秋经》起首的三个字"元年春"和斯特拉文斯基的芭蕾舞剧《春之祭》（Le Sacre du printemps）拼缀而成的。

之所以选取《春秋》的首三字，是因为部小说是整个於陵葵系列的起点，而她所生活的汉武帝时代，也正是《春秋》学兴起的时期。尽管董仲舒并没能活到小说开始的那一年，但他的学问余烈尚存，英华靡绝，我笔下的女主角对此也不无向往之心。

同时，故事发生的时间也被我放在了天汉元年（公元前一〇〇年）。这并不是一个特别值得纪念的年份，然而这个年号对于我却有特殊的意义。《汉书》卷三十二《司马迁传》赞曰："故司马迁据《左氏》《国语》，采《世本》《战国策》，述《楚汉春秋》，接其后事，讫于天汉"。也就是说，司马迁作《史记》很可能就记录到这个年代（《史记》中司马迁所作的部分实际上终于何时，共有三种说法，可参看王国维、朱东润、逯耀东等人的研究）。而《太史公自序》里谈到写作《史记》的缘起时，又有过这样的表述："先人有言：'自周公卒五百岁而有孔子，孔子至于今五百岁，有能绍而明之，正《易传》，继《春秋》，本《诗》《书》《礼》《乐》之际。'意在斯乎！意在斯乎！小子何敢攘焉！"且不论《史记》是不是"继《春秋》"而作，我倒是的确想从《史记》收笔的那个时代为起始点，写点能让自己觉得不枉此生的文字。

这也就是《元年春之祭》的写作缘起了。

至于为何窃取《春之祭》这个标题，除了它契合小说的情节之外，也同这部芭蕾舞剧的音乐风格有关：原始主义与现代技巧。没错，我就是想让读者听到祖先的感召，就是要为那个长期被视为腐朽堕落的古文明招魂，为此，我又处心积虑地选取推理小说这种形式，名正言顺地以处女们的生命为献祭——换言之，我试图以一种现代西方的文学类型来书写一种古代东方的道统。恕我无知，试问除了《春之祭》，前人何曾有过这样的尝试？

於陵葵系列不会终止于此，只是对词章与考证的焦虑让我迟迟无法完成续作。下一部作品（标题暂定为《乌之雌雄》）将讲述葵和露申抵达长安之后的遭遇，并会围绕汉武帝末期的一位重要政治人物刘屈氂及家族展开故事。

近来，我也在《推理》杂志上不定期地发表与我同名的美少女侦探陆秋槎的系列作品。尽管目前时间轴仍停留在她的高中时代，但总有一天故事的进度会追上我的人生。到时候，或许也会借她的视角把我写作《元年春之祭》的始末重述一遍吧。

最后，附上本文开头提到的那三首绝句：

数载燃脂销永夜，几番抽思写阳春。
韶龄试笔皆如此，况我这般无赖人。

未称词工招祸祟，早闻瓠落足悲哀。
却成十万骈枝语，留与东风任剪裁。

天地四时消息里，去来千载死生中。
此间微眇难言者，且待鸿荒再启蒙。

陆秋槎
二〇一五年六月三十日于金泽自宅

图书在版编目（CIP）数据

元年春之祭 / 陆秋槎著. —北京：新星出版社，2016.3
ISBN 978-7-5133-1924-9

Ⅰ. ①元… Ⅱ. ①陆… Ⅲ. ①长篇小说-中国-当代 Ⅳ. ① I247.5

中国版本图书馆CIP数据核字（2015）第237855号

午夜文库
谢刚 主持

元年春之祭

陆秋槎 著

责任编辑：邹 瑨
责任印制：李珊珊
封面设计：张 二

出版发行：新星出版社
出 版 人：谢 刚
社　　址：北京市西城区车公庄大街丙3号楼　100044
网　　址：www.newstarpress.com
电　　话：010-88310888
传　　真：010-65270499
法律顾问：北京市大成律师事务所

读者服务：010-88310800　service@newstarpress.com
邮购地址：北京市西城区车公庄大街丙3号楼　100044

印　　刷：北京玥实印刷有限公司
开　　本：910mm×1230mm　1/32
印　　张：7.875
字　　数：110千字
版　　次：2016年3月第一版　2016年3月第一次印刷
书　　号：ISBN 978-7-5133-1924-9
定　　价：30.00元

版权专有，侵权必究；如有质量问题，请与印刷厂联系调换。